KB010348

몽글이

몽글이

어른아이를 위한 카툰 에세이

초판 1쇄 발행 | 2017년 8월 28일

지은이 안명규, 은한
엮은이 은한
북디자인 최윤선
제작 공간

펴낸이 박혜련
펴낸곳 도서출판 오르골
등록 2016년 5월 4일(제2016-000131호)
주소 서울시 마포구 월드컵북로 400, 문화콘텐츠센터 5층 13호
전화 02-3153-1322
팩스 070-4129-1322
이메일 orgelbooks@naver.com
블로그 blog.naver.com/orgelbooks

ISBN 979-11-959372-2-6 03810

이 도서의 국립중앙도서관 출판예정도서목록(CIP)은 서지정보유통지원시스템 홈페이지(http://seoji.nl.go.kr)와 국가자료공동목록시스템(http://www.nl.go.kr/kolisnet)에서 이용하실 수 있습니다.(CIP제어번호: CIP2017017581)

한국출판문화산업진흥원 2017년 우수출판콘텐츠 제작지원사업 선정작입니다.

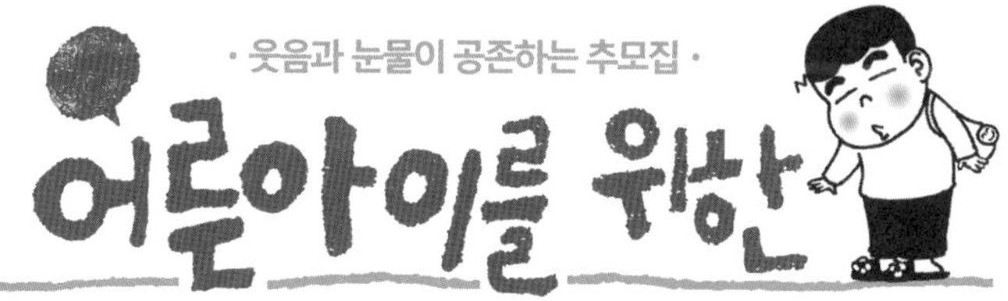

안명규, 은한 지음

오르골

일러두기

* 맞춤법과 외래어 표기는 현행 '한글 맞춤법 규정'과 《표준국어대사전》(국립국어연구원)을 따랐다(세리머니, 삐지다 등). 단 글의 흐름상 필요한 경우, 관용적 표기나 사투리는 그대로 살렸다(친구//동무, 내가//내래, 혼꾸멍 등).
* 만화 작품에 나오는 말줄임표 및 의성어·의태어 뒤에는 마침표를 생략했다.
* 책·정기 간행물은 《 》로, 영화·만화·노래 등은 〈 〉로 표기했다.
* 본문의 각주는 '편집자 주'라고 표시된 부분 외에는 엮은이(은한)가 쓴 내용이다.
* '은한일기'와 사진 설명(프롤로그, 에필로그 포함)은 엮은이가 쓴 글이다.
* 인용 출처는 본문에 풀어쓰거나 각주로 달았다.

아무리 봐도

내가 그린 게 제일 큰 것 같다.

내 곁에 머물다 간 천사

2016년 가을, 낯선 고지서 한 장이 날아들었습니다. 서울시립승화원에서 발행한 '장사시설 재사용 신청' 안내문. 남편 안명규를 용미리 납골당에 안치한 지 벌써 15년이 흘렀던 것입니다. 그동안 잊고 지내던 기억들이 하나둘 떠오르더니, 마음속 깊이 넣어두었던 '밀린 숙제' 하나가 선명해졌습니다. 남편을 떠나보낼 때 "〈몽글이〉를 책으로 내주겠다"고 약속했거든요. 납골당 재사용 신청을 하면서 결심했습니다. 더 이상 미루지 말자.

사실 이 책은 15년 전에 나올 뻔했습니다. 남편이 세상을 떠난 이듬해 봄, 남편의 동료 만화가들과 함께 추모집을 진행했으니까요. 유품 사진을 찍고, 예전 작품을 모으고…. 만화 작품집 한 권 없는 만화가의 죽음을 안타까워하면서 말입니다. 한데 이런저런 사정으로 추모집 작업은

흐지부지되고 말았습니다.

그로부터 15년. 추모집을 다시 진행하기로 결심은 했지만 막막했습니다. 무엇을 어떻게 해야 할지. 우선 다른 곳에 있던 남편 짐부터 찾아왔습니다. 그리고 남편이 쓴 일기를 입력하기 시작했습니다. 입력하면서 새삼 안타까워 눈물이 흐르고… 입력하다 멈추고, 다시 입력하고…. 생각보다 오랜 시간이 걸렸습니다.

〈몽글이〉를 비롯한 만화 작품들은 단종된 매킨토시에서 작업했던 파일들이다 보니 여는 것조차 쉽지 않았습니다. 더욱이 〈몽글이〉 38회분까지는 원본 컬러 파일이 손실되어 일일이 출력물과 대조해 가며 되살려 내는 과정을 거쳐야 했습니다. 다행히 예전에 찍어둔 유품 사진들은 남아 있었습니다. 그 사진들을 찍어준 만화 동호회 '카프' 회원님들께 다시금 고마움을 전합니다.

지난 세월 동안 참 많은 것이 변했습니다. 매킨토시 기종의 변화만큼 놀라운 것은 제 시선의 변화였습니다. 예전에는 남편의 일기를 읽을 때마다 가슴이 미어지고, 서운해하는 내용이라도 나오면 죄책감에 괴로워했지요. 그런데 지금은 '남편도 나만큼이나 피곤한 타입이었구나' 싶은 대목도 보입니다. 또 만화 〈몽글이〉를 보면서 몽글이보다 그 엄마 입장이 되기도 합니다.

아울러 작품집을 펴내는 의미도 다소 달라졌습니다. 15년 전에는 추모

에만 초점을 맞추려고 했던 반면, 지금은 이 책이 '나 자신'과 '읽는 사람들'에게 어떤 의미가 있을지 생각하게 되었습니다. 그래서 책의 느낌도 어둡고 슬픈 '사부곡(思夫曲)'보다는 가끔 미소도 지을 수 있는 '희망가'에 가까웠으면 하고 바랍니다.

암 환자가 그 사실을 받아들이기까지 대체로 '부정, 분노, 타협, 우울, 수용' 단계를 거친다고 하는데, 이별 후 심리도 비슷한 모양입니다. 다만 저는 충분한 애도 기간 없이 서둘러 '수용'한 척하다가 뒤늦게 우울증으로 고생했습니다. 덕분에 무엇이든 겪을 만큼 겪어야 다음 단계로 나아갈 수 있다는 진리를 깨달았지요.

과연 이별을 수용하고 나면 어떻게 될까요? 슬픔이 눈 녹듯 사라질까요? 시간이란 '명약'에도 불구하고 어떤 슬픔은 오래도록 사라지지 않습니다. 다 나은 줄 알았던 상처가 어느 날 툭, 덧나기도 합니다. 저는 아직 비슷한 스토리만 접해도 감정이 출렁입니다.

그래도 시간이 흐를수록 슬픔에 잠기는 빈도는 확실히 줄어듭니다. 또 힘든 일을 겪은 의미를 찾고자 애쓰면 답이 보이더군요. 어렴풋이나마. 이 책도 그런 노력 가운데 하나입니다. 예전의 저처럼 힘들어하는 분들에게 위로를 전하라고, 돌고 돌아온 게 아닐까요.

이 책은 안명규의 1쪽 만화 〈몽글이〉와 투병 일기, 그리고 아내인 제가 쓴 〈은한일기〉로 구성되어 있습니다. 〈은한일기〉는 어떤 특정일이 아니라 이별 후 15년 세월 가운데 '어느 날'의 기록입니다. 저는 과거로 돌아가 당사자가 되기도 하고, 현재 시점에서 관찰자가 되기도 합니다. 일종의 '타임슬립(time slip)' 애도 일기라고 할까요.

1, 2, 3장까지는 에세이 〈은한일기〉와 만화 〈몽글이〉가 만나 다른 듯 닮은 이야기를 들려주고, 4장에는 안명규의 투병 일기를 실었습니다. 그리고 본문에 소개되지 않은 〈몽글이〉 작품을 추려서 별책부록으로 만들어보았습니다. 해피엔딩을 원하시는 분들께는 미리 양해 구합니다. '요절한 만화가'라는 사실 자체가 스포일러가 될 테니까요. 그렇지만 누군가의 기억 속에 '아름다운 사람'으로 살아남을 수 있다면 꼭 새드엔딩만은 아니지 않을까요?

이 책을 보는 여러 가지 방법. 그날그날 기분에 따라 〈몽글이〉만 몰아서, 또는 일기만 몰아서 보셔도 괜찮습니다. 또 어린 자녀는 〈몽글이〉를 보고, 부모님은 그 옆에서 〈은한일기〉를 읽으셔도 좋을 듯합니다. 어떤 방식으로 접하든 책장을 덮을 때 마음 한구석이 따뜻해졌으면 합니다.

이 책이 나오기까지 애써주신 도서출판 오르골 관계자분들, 그리고 만화가 안명규를 기억하는 모든 분들(특히 몽글이의 모델이 되어준 조카들)께 진심으로 감사드립니다. 앞으로 기회가 된다면 남편의 또 다른 작품들도 선보이고 싶습니다.

하늘로 돌아간 남편, 이렇게 좋은 선물까지 남겨주고 떠나 고맙습니다. 부디 이 책이 남편 마음에도 들었으면…. 끝으로, 부끄러움 많던 남편이 본인 일기까지 공개했다고 뭐라 그럴까 봐 한마디 보탭니다.

"주옥같은 일기를 혼자만 보기 아까웠어요. 용서해 줄 거죠?"

2017년 7월

안명규의 아내 은한

추신. '은한'은 저의 '필명'입니다.

차례

이야기 둘

다르지만 사랑스러워

이야기 셋

사랑은 서로를 키워주는 힘

이야기 넷

안 명 규 일 기

——— 남편 유품을 정리하다가 여섯 권이나 되는 일기장을 발견했다. 그 안에는 만화를 배우던 이십 대 시절부터 2001년 서른여섯 살까지, 남편이 보고 듣고 느낀 이야기가 담겨 있었다. 특히 마지막 2년 동안의 일기가 인상적이었다. 작품 속 몽글이는 웃고 있지만, 작가는 고통 속에 울고 있는. 남편이 마지막 일기장에 붙인 제목처럼 '진실… 그 기록들'을 되돌아본다.

2000년 8월 29일(화)

엄마를 떠나보낸 지 18일! 세상 사람들은 모든 걸 훌훌 털고 제자리로 돌아온 안명규를 기대한다. 그들은 너무 쉽고 간단히 잊을 수 있다고 믿나 보다. 뭔가 아주 중요하고 소중한 것을 잃어버린 느낌. 그리고 그것을 영원히 찾을 수 없다고 거듭 확인하는 씁쓸함! 그 기분이 울컥 치밀어 올라 힘들다, 감당해 내기가….

2000년 9월 5일(화)

《소년조선일보》에서 〈몽글이〉 연재 확답이 왔다. 이번에 일이 잘못됐다면, 많이 힘들었을지도 모른다.

2000년 10월 24일(화)

요 며칠 〈몽글이〉 때문에 너무 신경을 쓴 탓일까? 눈이 피곤하다. 간 수치가 올라갔나? 찜찜한 기분을 떨칠 수 없다. 간밤엔 모기 때문에 잠을 설쳤다. 위층인지 옆층인지 쿵쿵거리는 발소리도 신경을 곤두서게 한다. 〈몽글이〉를 너무 어렵게 생각하고 있는 건 아닌지. 아직 한 달도 안 됐으니 친해지긴 멀었나? 초등학생 일기장이라도 구해 봐야겠다. 종일 비가 내린다. 인생은 원래 고독한 것!

몽 글 이 와 　친 구 들

몽글이

주인공인 초등학생. 느긋한 성격의 소유자로 최대 고민은 늘어가는 몸무게. 장기는 다른 사람 배려하기. 특기는 생각에 빠지기. 옆 반 소녀를 짝사랑하고 있는 것은 비밀.

삐돌이

몽글이와 같은 반 단짝 친구. 성격이 매우 급하고 사소한 일에도 잘 삐지는 편. 알고 보면 속마음은 따뜻한데도 표현이 서툴러서 종종 오해를 산다. 순발력이 뛰어난 편.

깡순이

몽글이와 같은 반 친구로, 씩씩하고 용감한 소녀. 장기는 불의를 보면 참지 않기. 특기는 태권도, 좋아하는 과목은 무려 수학!

쌩쌩이

편 집 자 　노 트

〈몽글이〉는 2000년 10월 1일부터 약 14개월 동안 《소년조선일보》에 연재된 작품이다. 1주일에 평균 2회, 총 76편이 신문 지면과 인터넷에 함께 발표되었다. 이 책에는 신문에 게재된 작품들 중 69편(별책부록 포함)을 추리고, 미발표 유고 4편을 더해 총 73편을 담았다. 이 작품들은 작가가 펜으로 도화지에 원고를 그린 다음, 매킨토시에서 컬러를 입히는 방식으로 진행되었다. 신문 발표 기준 38회분까지는 출판용 원본 파일이 분실되어, 보관용 출력물을 기준 삼아 일일이 컬러 작업을 해서 복원시켰다.

이야기
하나

너 의

목 소 리 가

들 려

한 여자를 만났다.
깨끗하고 밝은, 왠지 날 마냥 이해해 줄 것 같은 여자다.
사랑에 빠질지도 모르겠다. 행운이 찾아왔나 보다.

남편과 처음 만나던 날. 소개팅 장소로 가며 생각했다. '첫 만남인데, 카페도 아니고 시내 한복판 햄버거집 앞이라니. 난 상대방 조건도 잘 모르면서… 왜 나가고 있는 걸까.' 이윽고 길 건너편에 서 있던 한 남자가 눈에 들어왔다. 얼굴이 유난히 하얬다. 그를 보자 밑도 끝도 없이 이런 생각이 들었다. '나를 많이 좋아하겠군.'

서른 살 되도록 이성과의 만남은 늘 어긋나곤 했다. 내가 좋아하는 상대는 나에게 관심이 없거나, 상대가 나를 좋아하면 내가 끌리지 않거나. 이번 만남은 왠지 후자일 것 같았다.

예상이 빗나간 걸까. 저녁 식사 내내 남편은 화난 사람처럼 묵묵히 밥만 먹었다. 한참 지나서 말문이 트였는데, 관심사가 서로 비슷했다. 집으로 돌아오는 길, 마음속에서 뜻밖의 단어가 떠올랐다. 설렘. 다행히 나 혼자 설렌 건 아닌 모양이다. 남편이 그날 쓴 일기를 보면.
"한 여자를 만났다. 깨끗하고 밝은, 왠지 날 마냥 이해해 줄 것 같은 여자다. 사랑에 빠질지도 모르겠다. 행운이 찾아왔나 보다."

때는 춘삼월 호시절이었다.

'봄' 하면 생각나는 것

몽글이 23회(2001년 3월 4일 발표)

은한일기 02

첫 만남 때 남편은 생선가스를 시켰는데, 말없이 수프를 떠먹던 모습이 생각난다. 훗날 '수프 접시에 코를 박다시피' 하고 있었던 이유를 물었다. 부끄러웠단다. 남편은 재밌는 이야기꾼이지만 낯을 가리는 편이었다(어색하면 말을 안 하거나 반대로 목소리가 커짐). 또 경상도 사투리가 심해서 '의사소통'에 어려움을 겪기도 했다.

'수프'에 얽힌 일화. 남편이 서울 올라와서 얼마 안 된 어느 날, 슈퍼에 인스턴트 수프를 사러 갔다고 한다. 분명 평상시 말투로 수프를 달라고 했건만, 점원이 "왜 화를 내시냐"면서 찾아다 준 것은… '샴푸'였다고.

경상도 사투리에서는 '으' 발음이 어려운데, 남편은 말할 때뿐만 아니라 글쓸 때도 종종 '으'를 '어'로 바꿔 썼다. 나와 말다툼한 뒤 보내온 편지에도 문제의 '어'가 어김없이 등장했다.
"그대는 전화가 있어면 그대를 생각하는 거고, 없어면 그대를 잊고 노는 데 빠져 있다 여기고 (중략) 그대가 늘 행복한 시간을 보냈어면 하고 바라기 때문입니다."
직업병이 발동한 나는 "여기 또 틀렸다"고 궁시렁댔다. 그 핑계로 화해까지 했으니 '어' 발음은 우리의 오작교인 셈?

몽글이 15회(2000년 12월 10일 발표)

은한 일기 03

남녀 사이에 일단 호감이 생기고 나면 서로를 알아가는 단계에 진입한다. 이때 자신의 장점은 최대한 드러내고 단점은 감추고 싶게 마련. 남편과 나도 마찬가지였다.

몇 번 만났을 때였나. 내가 내심 궁금했던 학력에 대해 운을 떼자, 남편은 고졸임을 밝혔다. 나는 남편이 뒤집어 보인 '카드' 앞면에 당황했고, 이어진 내 행동에 더욱 당황했다. 느닷없이 어린 시절 얘기를 주저리주저리 떠들고 있는 게 아닌가. 흔히 생각하듯 사랑받고 자란 막내가 아니라는 둥, 집안 사정상 잠시 엄마랑 떨어져 살았는데 너무 싫었다는 둥. 내 약점을 털어놓음으로써 남편을 위로라도 해주고 싶었던 것일까. 여하튼 밖으로 드러낸 약점은 더 이상 약점이 아닌 법. 우리는 비밀을 공유한 연인답게 더 가까워지고, 깊은 연민을 느꼈다.

그즈음에 남편이 남긴 일기. "그녀 앞에선 이런 남자가 되어야겠다. 첫째, 거짓말을 가려서 한다. 둘째, 나를 비굴하게 낮추지 않는다. 셋째, 자상한 마음씨를 보여준다. 넷째, 최선을 다한다."
거짓말을 가려서? 그래, 거짓말 절대 안 하겠다는 말보다 오히려 진실성 있게 들리는군.

나를 몰라보도록

몽글이 34회(2001년 4월 24일 발표)

은한일기 04

어린 시절 나의 장래 희망은 수시로 바뀌었다. 만화가, 변호사, 우주비행사, 소설가, 화가, 디자이너 등등. 관심사는 무궁무진했고, 무엇이든 해낼 자신이 있었다. 하지만 학년이 올라갈수록 범위가 좁아지더니 대학 진학을 앞두고는 '그림과 글'로 압축되었다. 그 연장선에서 직장 생활이 이어졌다.

만 서른 살, 나는 결혼과 동시에 장래 희망을 확정 지었다. 그것은 바로 만화가 매니저. 좀더 구체적으로는 '무명 만화가 남편'의 매니저였다. 나는 남편이 생계를 위한 삽화 작업에 매달리는 게 안타까워 발벗고 나섰다. 이에 응답하듯 남편은 만화 공모전에 입상했고, 나는 매니저로서 잡지와 신문 등에 기획안을 발송하여 작품 연재를 따냈다. 첫 임무 완수. 그러나 기쁨이 채 가시기도 전에 장래 희망을 접어야 했다. '내 작가'가 나를 남겨둔 채 자신의 별로 돌아가버렸기 때문이다.

그로부터 약 15년 후. 지천명, '하늘의 명을 알 나이'가 된 나는 미완의 장래 희망을 다시 꿈꾼다. 부디 남편의 작품집 발간이 하늘의 명이길 바라면서.

몽글이의 장래 희망

몽글이 39회(2001년 5월 10일 발표)

은한일기 05

남편을 운명처럼 받아들이게 된 계기는 '대화'였다. 연결 고리가 별로 없을 것 같던 우리 두 사람. 첫 만남에서 내가 떠보듯이 물었다.

"혹시 영화 〈중경삼림〉 보셨어요?"

"네 봤어요. 왕가위 감독 좋아해요."

남편의 답변에 나는 마음이 흔들렸다. 말을 이어가는 남편.

"왜 있잖아요… 양조위가 실연당한 뒤 걸레를 짜면서 '그만 울어. 계속 울기만 할 거야?' 하던 장면. 그게 제일 와 닿았어요."

나도 모르게 소름이 돋았다. 나는 배우 양조위의 열성 팬이었고, 가장 인상적인 장면이 남편과 똑같았기 때문이다. 영화에 대한 수다는 로버트 드 니로, 코엔 형제 등으로 이어졌다. 마치 주파수가 딱 맞는 사람을 만난 느낌.

이상했다. 분명 살아온 곳도, 환경도 몹시 다른 두 사람인데…. 연결되어 있던 영혼이 서로를 알아보고 인사를 건넸던 것일까. 세 번, 네 번, 남편과 만나면서 심증을 굳혔다.

솔메이트(soulmate)를 만났다.

대화가 필요해

몽글이 44회(2001년 5월 31일 발표)

은 한 일 기 06

누군가 내게 "결혼 상대로 어떤 사람을 택해야 하느냐"고 묻는다면, 나는 "단점을 참아낼 수 있는 사람을 고르라"고 답하겠다. 상대방의 장점에 반해 결혼하는 경우가 많지만, 결혼하면 그 장점이 단점으로 변하기도 한다. '친절'해서 좋았는데, 모두에게 친절한 나머지 빚 보증을 잘못 선다든가 하는 식으로.

장점이 이러하니 단점은 말할 것도 없다. 드러난 단점보다 더 위험한 쪽은 숨겨진 단점이다. 겉으론 멀쩡해 보여도 속으로 곪아 있는 이들이 얼마나 많은가. '모범생' 소리만 듣고 자란 사람이 나중에 대형 사고 치는 경우도 종종 보았다. 인간 누구에게나 단점은 있다. 그것을 내가 감당할 수 있는지 없는지가 중요할 뿐. 나 역시 남편의 열악한 조건 때문에 결혼을 앞두고 고민이 많았다. 그러나 마음의 소리에 귀 기울여본 결과, 그것은 내가 참아낼 만한 단점이었다.

정작 결혼하고서 놀란 쪽은 남편이었나 보다. "천사 같은 아내에게 이렇게 깐깐한 면이 있었다니. 여자란 정말 불가사의한 존재"라고 투덜댄 것을 보면. 나는 연애 시절 분명히 "집안의 골칫덩이"라고 정체를 밝혔거늘. 그래도 다행이었다, 남편이 골칫덩이를 다루는 재주가 뛰어나서.

엄마가 제일 무서워하시는 것

몽글이 63회(2001년 9월 23일 발표)

은한일기 07

나는 2남 4녀 중 막내다. 여자 형제가 넷이나 되다 보니 옷을 물려 입거나 함께 입는 일이 많았다.

초등학생 시절. 엄마는 같은 학교에 다니던 두 언니와 내게 똑같이 생긴 옷을 입히곤 하셨다. 어느 날 엄마는 해바라기꽃 원피스를 셋째 언니와 내게 맞춰 입힌 뒤 "아유, 쌍둥이처럼 예쁘다"고 하셨다. 나는 부끄러웠다. 사람들이 우리 자매만 쳐다보는 것 같고, 특히 둘째 언니의 담임 선생님이 "네가 ○○의 동생이구나? 옷을 보니 알겠다"라고 아는 척하셨기 때문이다. 지금 생각해 보니 두 벌의 원피스를 세 자매가 번갈아가며 입었던 모양이다.

고등학생 시절에는 좀더 난감한 상황. 방과 후 둘째 언니와 함께 영화를 보기 위해 만났는데, 하필이면 한 벌의 투피스를 스커트는 내가, 블라우스는 언니가 나눠 입고 나타난 것이다. 그것은 큰언니가 양장점에서 맞춘 옷으로, 멀리서도 눈에 띌 만큼 문양이 독특했다. 둘째 언니와 함께 길을 걸으며 나는 마치 '무시무시한 마술쇼'에서 몸이 '이등분된' 조수(대체로 미녀다!)가 된 기분이었다.

그랬던 내가 남편한테는 커플 티를 입자고 조르다니. 남편과 '한 팀'이라는 사실이 무척 자랑스러웠나 보다.

오늘 하루만

몽글이 47회(2001년 6월 21일 발표)

은한일기 08

첫 만남 때 영화배우 양조위와 로버트 드 니로에서 감성의 일치를 경험한 우리는 '영혼의 짝꿍'이라며 호들갑을 떨었다.

과연 시간이 지나서도 내내 그랬을까? 알고 보니 남편은 처연한 느낌의 유덕화를 양조위보다 더 좋아했고, 나는 로버트 드 니로 팬이긴 해도 그가 나온 〈케이프 피어〉보다는 그가 나오지 않은 〈파니 핑크〉를 더 좋아했다. 내 취향이 스릴러보다 페미니즘 영화 쪽이었기 때문이다. 이처럼 우리는 살아온 문화권이 다른 만큼 부딪칠 일도 많았다. 하지만 얘기를 나누다 보면 '이해 못 할 부분'은 별로 없었다.

영화를 볼 때도 주연급에만 관심이 쏠리던 나는 남편 덕분에 빛나는 조연, 즉 악역 전문 에드 해리스나 이상하게 생긴 스티브 부세미의 매력도 '알게' 되었다. 그리고 일단 알게 되자 그들은 다른 영화에서 작은 단역으로 나와도 눈에 띄었다.
만약 남편이 요즘처럼 천만 관객을 끌어모으는 한국 영화를 본다면 누구한테 끌렸을까. 천만 요정 오달수? 비주얼 배우 유해진? 이렇게 유명한 조연 말고 숨어 있는 누군가를 발굴해 냈으려나….

몽글이 62회(2001년 9월 16일 발표)

은한일기 09

델리스파이스란 그룹의 노래 가운데 〈차우차우〉란 곡이 있다. "너의 목소리가 들려"란 가사가 무한 반복되는, 듣고 나서도 몽환적인 멜로디가 귓가에 윙윙대는 노래다. 이 노래를 들을 때마다 이상하게 남편 생각이 났다. 남편과 함께 들었던 노래도 아닌데 말이다. 노래 가사 때문일까. "아무리 애를 쓰고 막아보려 해도" 남편의 목소리가 들려오는 듯했다.

처음에는 노래 제목이 〈너의 목소리가 들려〉인 줄 알았다. 나중에 진짜 제목을 듣고는 의아했는데, 최근 우연히 인터넷 검색을 하다가 속뜻까지 알게 되었다. '차우차우'는 중국 기원의 개(곰처럼 생긴) 품종을 가리키는 단어로, "개소리하지 말라"는 뜻을 내포하고 있단다. 작사자가 자신의 노래를 이러쿵저러쿵 해석하는 이들에 대해 일침을 가한 것이라고. 노래 가사만으로는 상상도 못 한 의미였다.

이처럼 겉으로 보이는 게 다가 아닌 경우는 얼마나 많은가. 그래서 누군가에 대해 제대로 알려면 보이지 않는 부분까지 깊숙이 들여다봐야 하는지도.

몽글이 1회(2000년 10월 1일 발표)

은한일기 10

"일부러 안경을 쓰고 나갔다. 그녀를 좀더 자세히(객관적으로) 보기 위해서였다. 그녀는 눈을 크고 동그랗게 뜨는 버릇이 있고, 얼굴엔 여드름이 몇 군데 나 있다. 옷맵시는 상당히 센스가 있는 듯 보이고…." "처음으로 그녀에게 귀고리 선물을 했다. 그녀의 조그만 귀가 너무나 사랑스러웠다." 연애 초기에 남편이 쓴 일기 내용이다.

실은 그 무렵 내 얼굴엔 여드름이 심각하게 많았고, 옷차림도 센스와 거리가 멀었으며, 귀도 너무 작은 게 싫어서 머리로 가리고 다녔다. 흔히 말하듯 남편의 눈에 콩깍지가 씌었던 걸까. 아무리 그래도 관찰력 뛰어난 남편이 내 단점을 못 봤을 리 없건만. 그랬다, 남편한테는 마음의 눈으로 상대를 바라보는 탁월한 능력이 있었다. 누구보다 자세히 바라보지만, 그래서 오히려 단점도 눈감아줄 수 있는 능력.

줄리어스 고든이란 랍비 곁에도 내 남편처럼 멋진 사람이 있었나 보다. 이런 명언을 남겼으니 말이다.
"사랑은 눈먼 것이 아니다. 더 적게 보는 것이 아니라 더 많이 본다. 다만 더 많이 보이기 때문에, 더 적게 보려고 하는 것이다."

몽글이 6회(2000년 10월 22일 발표)

은한일기 11

관심은 상대가 내는 모든 소리에 귀를 기울이는 것.
사랑은 상대의 마음속 소리에까지 귀를 기울이는 것.

남편과 4개월쯤 사귀었을 때, 나는 현실적인 조건 앞에서 망설였다. 남들처럼 무명 만화가에 대한 편견에서 자유롭지 못했고, 가난하게 살까 봐 두려웠다. 그러나 대놓고 "조건이 안 맞으니 못 만나겠다" 할 수도 없었다. 내 마음은 이미 남편에게 기울어져 있었으니까.

그래서 일이 바쁘다 어떻다, 어설픈 핑계를 대며 '생각하는 시간'을 벌었다. 표 나지 않게 군다고 했지만, 남편을 속일 수는 없었던 모양이다. 그즈음 남편의 일기를 보니 내 마음이 훤히 보인다. 뜨끔.

"그녀와 통화하다가 존댓말을 발견하고 신경이 곤두섰다. 구체적인 얘기가 오가면서 불쾌감의 원인이 서서히 드러났다. 그녀는 아직도 주저하며 두려워하고 있다. 원래부터 사랑을 부정해 온 것인지, 고졸 삼류 만화가와의 미래를 거부해 온 것인지 알 수 없다. 난 어느새 그녀와의 신혼을 꿈꾸며 머지않아 현실이 되리라 믿어왔는데."

몽글이 3회(2000년 10월 8일 발표)

은한일기 12

연애 시절, 우리는 '삐삐'라고 불리던 호출기를 애용했다. 10102(열렬히), 3535(사모사모) 등 유행 메시지 외에 남편은 712(남편 생일), 나는 427(처음 만난 날)로 서로를 표시했다. 그러던 어느 날 내 호출기에 '486712'라는 생경한 숫자가 찍혀 있었다. 한참 고민하던 나는 발신자인 남편에게 다음과 같은 답장 편지를 보냈다.

"삐삐에 남긴 486712란 암호 풀었어요. 숫자가 한글 획수죠? 근데 두 번째는 8이 아니고 6이어야 할 듯. 'ㄹ'은 ㄱ - ㄴ 순으로 3획인데 각각 1획으로 쳐서 잘못 계산한 게 아닌지. 여하튼 나의 대답은 이거야요, 34466427(학교에서 배운 획수대로 표기함)."

무려 20년 만에 보니 무슨 얘긴지 알 수가 없다. 일단 '그때도 지적질쟁이였군'이란 자아비판과 더불어 추리 시작. 남편 메시지를 분리하면 486+712. 712는 남편, 그럼 486은? 왕년의 찍기 실력을 발휘하여 '사랑해'란 답에 꿰맞춰보니 그럴듯하다. 풀이하자면 "사랑해. 명규가." 마찬가지로 나의 답변도 분리. 나를 가리키는 427에, 앞의 방식대로 34+466을 찍어보니… 결론은 "나도 사랑해. 은한이가."

암호 메시지? 피곤하고 별나다. 그래도 그때는 죽이 맞아서 행복했다.

사랑의 신호

몽글이 12회(2000년 11월 26일 발표)

은한일기 13

남편을 위해 개인 홈페이지를 만들어주고 싶었다. 비록 현실에서는 집은커녕 마이너스 통장조차 못 만들게 가난해도, 인터넷상이라면 멋진 집 한 채쯤 가져도 되지 않을까. 그곳에서 남편이 직접 작품을 올리고 독자들과 소통하길 바랐다. 지금이야 각종 사이트에서 제공하는 무료 공간이 넘쳐나지만, 당시에는 드물었다. 그래서 남편이 떠날 때까지 개인 홈피 장만은 희망 사항에 그쳤다.

나는 이별 후 약 6개월 간 웹디자인 교육을 받고 나서 직접 추모용 홈피를 만들었다. 남편의 작품과 유품 사진 등을 올리고, 추억을 기록하고…. 그게 나의 애도 방식이었다. 남편이 생각나 슬프면서도, 남편을 기억할 수 있어 행복했다. 그러나 1년도 채 안 되어 갑자기 지방으로 이사하고 직업까지 바꾸게 되면서 홈피 관리에 소홀해졌다. 더욱이 몇 년 후 홈피 계정을 제공하던 사이트마저 문을 닫는 바람에 추모 홈피는 폐쇄되었다.

무척 아쉬웠으나, 한편으로는 이렇게라도 과거를 잊으라는 뜻인가 싶었다. 새로운 일에 치여, 남편을 애도할 여력이 없었기 때문이다. 나는 차츰 과거를 잊었고, 남편과의 추억도 흐릿해졌다. 하지만 제대로 마무리 짓지 못한 애도는 오랜 시간 숙제로 남았다.

나의 작은 소망

몽글이 8회(2000년 11월 5일 발표)

은한일기 14

나는 엉터리 가톨릭 신자면서도 신앙의 울타리에서 아예 벗어난 적은 없다. 한데 남편이 병에 걸리자 하느님께 매달렸고, 남편이 떠나가자 하느님을 원망했다. 솔직하게는 앞의 경우에도 원망스러웠으나 '밉보여서' 남편을 더 빨리 데려가실까 봐 아닌 척했다. 남편을 떠나보내고 나니 참았던 감정이 폭발했다.
"하느님은 약 주고 병 주시나? 나에게 가장 소중한 명규 씨를 어떻게 빼앗아가실 수가 있지? 어찌 이리도 잔인하실까!"

하느님의 뜻을 인간이 어찌 헤아리겠느냐마는 억울했다. 나한테 왜 이런 벌을 내리신단 말인가. 남편을 만난 덕분에 전보다 훨씬 착해졌고, 미래에도 남편과 함께 좋은 일 하겠다고 다짐했는데…. 도대체 왜? 아니, 나는 그렇다 치고 남편은 얼마나 억울한가.

그 후 세월이 많이 흘렀다. 하지만 여전히 그분의 깊은 뜻은 잘 모르겠다. 다만 모두들 힘들게 살아간다는 사실만큼은 알게 되었다. 즉, 나 혼자만 세상에서 가장 억울한 일을 당한 것 같지는 않다는 말이다. 내가 일찌감치 크게 '한 방'을 맞았다면, 누군가는 평생에 걸쳐 끊임없이 '잽'을 맞고 있는지도 모를 일이다.

몽글이 33회(2001년 4월 19일 발표)

은한일기 15

함께 말할 수 있어 좋았다.
함께 걸을 수 있어 좋았다.
함께 위로할 수 있어 좋았다.
함께 투덜댈 수 있어 좋았다.
함께 사랑할 수 있어 좋았다.

그러나
남편과 함께…
떠나지는 못했다.

몽글이 13회(2000년 12월 3일 발표)

은한일기 16

결혼 후 처음 맞이한 남편의 생일, 나는 카드에 이렇게 적었다.
"하트 들어간 물건만 보면 사고 싶어진다. 눈꼬리 올라간 눈만 보면 정겹다. 7월 12일만 되면 가슴이 뛴다. 내게 선물이 된 그 남자, 명규 씨의 생일을 축하하며. 사랑해!"

누군가를 사랑한다는 것은 곳곳에서 상대의 표식을 발견하는 일이기도 하다. 함께 나누었던 대화, 함께 본 영화, 함께 거닐었던 장소 등등. 그렇게 동네 뒷산의 메타세쿼이아는 우리 부부의 나무가 되고, 공감대를 이어준 영화 〈중경삼림〉의 삽입곡 〈캘리포니아 드리밍〉은 우리의 주제가가 되었다. 시간이 흘러도 그때 그 나무, 그 음악은 우리가 함께한 추억을 소환해 낸다.

남편과 이별한 직후에는 추억을 떠올리는 것만으로도 너무 아팠다. 핏빛 슬픔, 고해상도 디지털 카메라로 찍은 듯 선명한. 그러나 시간이 흐르면서 그 사진에는 새로운 필터가 씌워졌다. '따뜻한 빈티지 효과'라고나 할까. 그 덕분에 우리의 추억은 이제 아련한 그리움이 되어간다.

몽글이 19회(2000년 12월 31일 발표)

남들이 대학 갈 때 남편은 군대에 갔습니다.
그곳에서 진로를 만화가로 정했지요. 제대 후 부푼
꿈을 안고 상경했지만, 현실은 녹록지 않았습니다.

“처음 올라와 자리 잡은 곳은 북가좌동 여관.
그 작고 우중충한 월세방에서 나 홀로 첫눈을 보았다.
짐이라곤 달랑 가방 하나! 혼자 방에 앉아 호떡을,
만화방에서 라면을 먹을 때마다 외로움이 슬며시….”

새벽이면 인력시장에 줄을 서고, 저녁이면 만화를
그리던 시절. 그때부터 줄곧 사용해 온 남편의 필통 속에는
‘만화가 안명규의 푸른 꿈’이 담겨 있습니다.

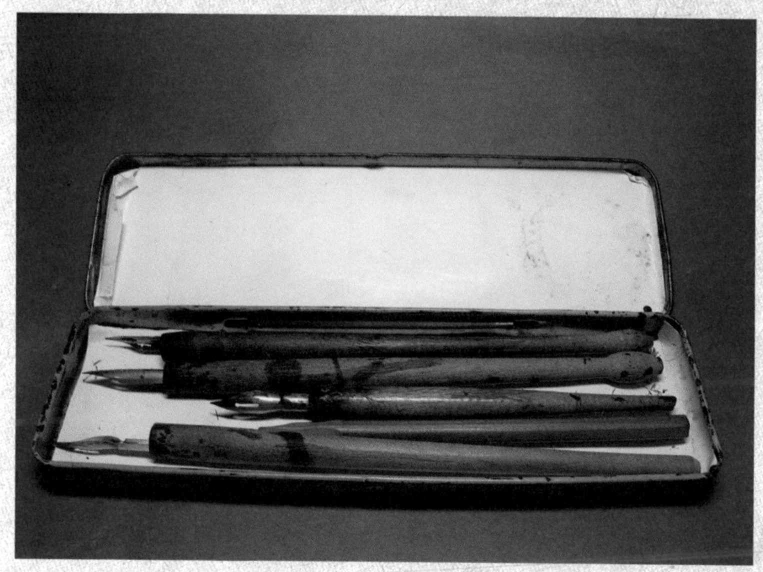

— 만화가 안명규가 쓰던 필통

이야기
둘

다르지만 사랑스러워

여우 같은 남편, 곰 같은 아내.
서로의 이질감조차 사랑 앞에서는 신비감으로 승화되는 법.
남자는 사랑스럽고, 여자는 믿음직했다.

연애 시절 나는 스스로 자문해 보았다, 남편이 왜 좋은지. 그때 맨 먼저 떠오른 단어는 '순수함'이었다. 사실 남편한테는 상반된 이미지가 동시에 있었다.

우선 겉모습은 영화 〈넘버 3〉에 나오는 불사파 두목(송강호 분)에 가까웠다. 실제로 술 마시고 치고받은 적도 있다고 한다. 그런데 남편의 내면에는 순수한 소년이 숨쉬고 있었다. 아니 그 소년이 출연한 영화 한 편이 통째로 들어 있는 듯했다. 그것은 바로 압바스 키아로스타미 감독의 〈내 친구의 집은 어디인가〉였다.
주인공의 맑은 눈망울만큼이나 순수한 동심이 담긴 영화. 실수로 짝꿍의 공책까지 가져온 주인공이 공책을 돌려주기 위해 헤매다가 결국 포기하고, 친구가 혼날까 봐 걱정한 나머지 그 친구의 숙제까지 함께 해 간다는 내용. 영화는 주인공이 짝꿍의 공책에 끼워둔 '작은 꽃잎'을 클로즈업하면서 끝난다. 보고 나면 마음이 환해지는 작품.

남편이 그동안 그렸던 만화들도 상반된 두 영화와 묘하게 닮았다. 초기에는 〈뿔다구〉라는 제목답게 삐딱한 캐릭터를 만들어낸 반면, 마지막 작품인 〈몽글이〉는 훈훈한 내용을 담고 있기 때문이다. 그래서일까. 〈몽글이〉만 보면 이상하게 작은 꽃잎이 함께 떠오른다.

몽글이 68회(2001년 10월 18일 발표)

은한일기 18

두 사람이 만나 결혼하기까지 아무 문제도 없는 커플이 몇이나 될까. 우리 부부에게도 걸림돌이 있었다. 그것은 사회적 잣대로 볼 때 '문제아'와 '모범생'의 만남이라 할 만한 부분이었다. 남자 집안에서는 큰아들이 기죽을까 봐 염려했고, 여자 집안에서는 막내딸이 못 참고 뛰쳐나올까 봐 걱정했다.

나는 주변에서 이와 비슷한 문제로 고민하는 커플을 본 적이 없어서 불안했다. 우리에겐 공통의 관심사, 만화가 있으니 괜찮다며 합리화했지만 앞날이 두려웠다. '왜 하필이면…' 하는 후회도 밀려왔다. 그러나 운명인 걸까. 도망가고 싶다가도 막상 남편 얼굴만 보면 고민이 사라졌다. 뜬금없이 자신감까지 솟아났다.

결혼 후에도 앞서서 고민했던 문제들 때문에 부딪친 일은 거의 없다. 둘 다 '결혼 학교' 신입생이었고, 그 공부 자체가 버거워서 투닥거리기는 했을망정. 결혼 학교에서 필요한 덕목은 신뢰와 책임감, 상대방에 대한 배려였다. 그런 면에서는 남편이 나보다 훨씬 우등생이었다. 내가 단기 속성 과외를 받아도 따라가기 힘들 만큼.

몽글인 어느 학원 다녀?

몽글이 22회(2001년 3월 1일 발표)

은한일기 19

결혼 앞둔 사람들에게 흔히 하는 덕담. "두 사람은 닮아서 잘 살 거야." 이 말에는 예측 불가능한 인생에 대한 위험도를 낮췄으면 하는 바람이 담겨 있다.

나와 남편의 경우는? 달라 보이는 부분이 더 많았으리라. 경상도 '싸나이'와 서울 '깍쟁이'란 조합부터 그랬다. 전자는 우직한 상남자 스타일, 후자는 여우과를 연상시킨다. 하지만 실제로는 여우 같은 남편, 곰 같은 아내였다.
연애 시절 나는 존댓말 때문에 남편이 거리감을 느낀다는 사실도 몰랐고, 100일째 만남을 기억한 쪽도 남편이었다. 결혼 후, 남편은 야근하고 돌아온 나를 위해 깜찍한 응원 쪽지를 붙여놓거나 맛있는 야식을 만들어주었다. 자취 10년 차 베테랑인 남편은 살림 면에서도 나보다 한 수 위였다. 반면 나는 남편이 작품 활동에 전념할 수 있도록 '내가 좀더 벌어야겠다'고 결심했다. 나는 남편이 사랑스러웠고, 남편은 나를 믿음직스러워했다.

그렇게 몇 년 지내며 우리는 서로를 닮아갔다. 덕담은 이렇게 바뀌어야 하는 게 아닐까. "잘 살려면 닮아가라."

밤늦도록 아빠는

몽글이 31회(2001년 4월 10일 발표)

은한일기 20

결혼 초 친한 친구가 나에게 말했다.

"신기하다. 너한테서 안 보이던 표정이 보여."

남편과 살다 보니 표정까지 닮아간 것일까. 표정은 내가 볼 수 없어서 모르겠지만 말투만큼은 확실했다. 경상도 억양이 튀어나오거나 '억수로', '띠엄띠엄하다'와 같은 사투리를 섞어 쓰게 되었으니까.

공통 관심사였던 영화 면에서도 그랬다. 나는 무서운 영화는 질색이었는데, 남편 따라 '그쪽' 세계에도 발을 들여놓은 것이다(남편도 나 때문에 로맨틱 코미디를 보게 됨). 그래서 공포 영화 하면 귀신 나오는 영화만 떠올리던 내가 '슬래셔 무비'*란 단어도 알게 되고, 〈스크림〉이나 〈데스티네이션〉 시리즈도 챙겨보게 되었다.

이제는 안다. 공포 영화보다 더 무서운 것은 우리네 삶이 영화보다 더 영화 같다는 사실임을. 남편과 함께 공포 영화를 보러 다닐 때 어찌 상상이나 했겠는가. 몇 해 후 설 명절에 나 홀로 TV 특선영화 〈편지〉를 보며 눈물 흘릴 줄이야. 시한부 삶을 살다 간 주인공 모습에 남편이 겹쳐져서 슬펐고, 이게 현실이란 사실이 너무나 무서웠다.

---

* 슬래시(slash)라는 단어에서 유래함. 잔인한 도구를 사용하는 사이코패스가 나오는 영화.

몽글이 60회(2001년 9월 9일 발표)

'약속'에 관한 한 남편은 나의 스승이었다. 부끄럽지만 지각대장이었던 나는 연애 시절 내내 남편 속을 썩였고, 신혼 초에는 부산 시댁에 갈 때 기차를 놓친 적도 있다. 그러나 시간관념이 철저한 남편과 살다 보니 "결혼 후 사람 달라졌다"는 칭찬을 받기에 이른다. 남편은 시간만큼이나 다른 약속도 잘 지키는 편이었다. 그 비결은 간단했다. 지키지 못할 약속은 아예 하지 않는 것.

결혼 얘기가 오가던 무렵, 남편이 "결혼하고 한동안은 맞벌이해야 할 것 같아. 내 수입이 많질 않아서"라고 말한 적이 있다. 나는 당연히 맞벌이할 생각이었지만 막상 그 얘기를 들으니 기분이 묘했다. "내가 먹여 살릴게!"라고 큰소리라도 쳐주길 바랐던 걸까. 그럼에도 이와 같은 남편의 진실된 태도는 우리 사이에 두터운 신뢰를 쌓아주었다. 알고 보면 우리는 엄청난 혼인서약을 했더랬다.

"나는 당신을 내 배우자로 맞아들여, 즐거울 때나 괴로울 때나, 성하거나 병들거나, 일생 당신을 사랑하고 존경하며 신의를 지키기로 약속합니다."

서약이든 주례사든 가슴에 새기고 사는 건 쉽지 않은 일.

몽글이 40회(2001년 5월 13일 발표)

은한일기 22

남편과 나는 '호기심'이 많은 편이었다. 그래서 서로의 '다름'에 더 끌렸는지도 모른다. 우리가 결혼할 때 청첩장에 넣었던 내용 중 일부.
"서로의 이질감조차 사랑 앞에서는 신비감으로 승화되는 법. 남자는 처음 먹어보는 스파게티를 게 눈 감추듯 먹어치우고, 여자는 포장마차의 꼼장어 굽는 냄새마저 향기로 느끼게 된다."

남편을 만나기 전까지 나는 자라난 환경의 테두리 안에서 비슷비슷한 사람들과 어울리고 익숙한 일을 하며 살아왔다. 그러다 보니 다른 세상이 궁금해도 멀리서 바라보는 정도로 만족해야 했다. 한데 남편을 만나자 더 넓은 세상으로 나가는 문이 활짝 열린 것이다. 낯선 세상이 두렵기도 했지만, 남편만 믿고 발을 내디뎠다.

그러나 길잡이였던 남편이 사라진 뒤 나는 또다시 길을 잃었다. 간신히 방향을 찾았나 싶었는데, 맨 처음 출발점으로 되돌아오고 말았다. 여기에 중년이란 타이틀까지 더해지니 마음은 더욱 뻣뻣해진다. 변화는 귀찮고 궁금한 것은 줄어들고. 완고하기는 쉽고 관대하기는 어렵고. 만약 남편이 갈림길에 서 있는 나를 본다면 이렇게 말하지 않으려나.
"관대한 어른이 되는 게 더 재밌지 않을까? 같이 가보자."

몽글이 51회(2001년 7월 8일 발표)

은한일기 23

어느 날 친정 가족 모임이 파한 뒤, 셋째 언니가 내게 말했다. "안 서방은 정말 따뜻한 사람 같아. 우리 엄마 손을 꼭 잡고 부축해 드리더라." 사실 셋째 언니는 나를 가장 아끼면서도, 어쩌면 그래서 더 우리 결혼을 반대했던 사람이다. 그런데 결혼 후 남편의 진심에 마음이 움직였던 것이다.

한편 그 언니의 아들내미는 남편의 진심에 조금 '색다르게' 반응했다. "너는 스트라이커니까 언제나 돋보이는 존재일 거야. 그러나 막내 이모부처럼 실력이 모자란 친구들을 봐도 따뜻이 대해줬음 좋겠다"라고 당부하자 조카 왈. "수비수도 골을 넣을 수 있어요!"
이 말에 상처 입은 남편은 다음과 같은 일기를 남겼다.
"맘씨 좋은 어른 행세 좀 해보려 했더니 힘들다. 이제 겨우 초등학교 2학년이고, 아무 생각 없을 나이려니 하다가도 왠지 괘씸하다. 언제나 주목받는 공격수로서 화려한 골인만 꿈꾸는가. (중략) 조카 한 명의 가슴에도 온기를 불어넣지 못하면서 수많은 아이들을 어떻게 감동시킬 것인가."
막내 이모부의 염려 덕분일까. 그 조카는 다행히 친구들을 배려할 줄 아는 따뜻한 청년으로 자라났다.

멋진 세리머니

몽글이 37회(2001년 5월 1일 발표)

은한일기 24

두 사람이 같은 일을 겪더라도 서로 다르게 기억하는 경우가 많다. 자신이 보고 싶은 대로 보기 때문이리라. 우리의 결혼 생활도 그랬다. 내 기억에는 행복하기만 했던 것 같은데….

"너무 지친다. 번쩍이는 가전제품! 화사한 벽지로 장식한 신혼 방! 남의 집에 잠깐 들른 기분이다. 그래도 내일은 웃는 낯으로 식장에 들어가야 한다. 총각으로서 마지막 날 밤! 계속 비가 내린다. 삼류 영화 같다."
남편의 일기 덕분에 잠자던 내 기억이 깨어났다. 결혼 준비 내내 남편이 허름한 남방만 입고 나타나서 속상했던 일, 결혼식 당일에 남편이 늦어서 놀랐던 일, 웨딩 촬영 스튜디오에 불이 나서 액자용 사진 하나 못 건진 일. 또 결혼 후 1년 동안 다툼이 잦았던 일까지.

역사는 승자의 기록이라던가. 나는 남편보다 오래 살아남았으나, 남편 사관(史觀)에 승복할 수밖에 없다. 너무 생생한 기록들을 남겨놓았기 때문이다. 내가 종종 악당으로 등장하는 게 서운하지만, 이런 내용이라도 건져서 다행이다.
"어떤 원고를 만들어야 할지 자신이 서질 않는다. 사방이 꽉 막힌 밀실에 갇힌 느낌! 아내와 얘길 했다. 빛이 조금 보인다."

전 골키퍼인데요

몽글이 66회(2001년 10월 11일 발표)

결혼 초 우리 부부는 모든 걸 공유하려고 해서 더 자주 부딪쳤는지 모른다. 통장을 전부 공유했고, 소소한 장보기도 함께 다녔다. 이와 관련하여 남편이 남긴 기록. "경제 능력 면에서 자꾸 눈치 보이는 지금, 아내의 씀씀이가 너무 커보인다. 천칠백 원 하는 조그만 포크를 싸다고 생각하는 그녀가 놀랍다."
난 아직도 그것이 싼지 비싼지는 모르겠다. 그러나 지금 같으면 조용히 혼자 나가서 사오지 않으려나. "언니한테 얻었어"라는 한마디쯤 보태면서.

결혼 초에는 환경적인 스트레스도 심했다. 신혼집이 모 전문대 후문 근처 다세대주택이었는데, 프리랜서였던 우리는 좁은 집을 사무실 겸용으로 썼다. 한데 낮에는 아래층 어린 남매의 괴성에, 밤에는 바로 옆 놀이터의 고성방가에 시달렸다. 밤샘 작업이 잦던 우리는 극도로 예민해지곤 했다. 이를 통해 깨달은 사실. 부부 사이에 무언가 함께하는 것은 중요하지만, 지나치면 득보다 실이 많다는 것. 차라리 각자의 공간과 시간을 가지는 편이 사랑을 애틋하게 유지하는 비법이 아닐는지.

가끔은 예전의 공유 정신이 그립기도 하다. 공통의 비밀번호를 사용하면 지금처럼 비밀번호를 깜빡해서 허둥댈 일은 없을 테니까.

비밀번호 알아내는 방법

몽글이 43회(2001년 5월 27일 발표)

은한일기 26

"욕먹으면 오래 산다" 또는 "착해서 하늘이 일찍 데려갔다"라는 표현이 있다. 물론 그런 일을 당한 사람을 위로하는 차원의 말이겠지만, 그런 얘기가 나왔음 직한 배경을 추측해 본다.

욕을 자주 먹을 만한 품성의 소유자라면? '욕먹다'는 바꿔 말해 '못됐다' 정도 될 테고, 그런 소릴 들으려면 제멋대로 행동하기 때문일 테고. 남 신경 안 쓰고 화가 나면 난 대로, 기분 나쁘면 나쁜 대로 표현할 수 있으니… 속 편해서 오래 사는 게 아닐까. 그와 반대로 남을 배려하는 사람은 속마음을 드러내지 못하고 참는 경우가 많다. 그렇게 너무 오래 참다 보면 말 그대로 속이 상하고 심각한 병에 걸릴 수도 있지 않을까.

이런 맥락에서 나는 남편을 떠나보낸 뒤 한동안 자책감에 시달렸다. 어쩌면 남편이 항상 나한테 맞추고 배려해 주느라 병이 난 게 아닌가 싶어서였다. 혹시 결혼해서 '몹시 행복하다'는 생각이 든다면 배우자도 내 맘 같은지 돌아봤으면 한다. 부디 그 배우자가 누구처럼 이렇게 삐져 있지는 않길.
"결혼의 환상을 허물어뜨릴 때가 왔나 보다. 그녀는 더 이상 천사가 아니다. 자기 고집과 편의로 무장된 그냥 한 여자일 뿐이다."

몽글이 65회(2001년 10월 4일 발표)

은한 일기 27

결혼 후 1년. 부끄럽지만 우리는 보름에 한 번 꼴로 티격태격했던 모양이다. 남편은 주로 나의 게으름을 못 견뎌하고, 나는 남편이 내 마음을 이해해 주지 않는다고 서운해했다.

"작업을 하겠다며 책상에 앉았던 아내가, 어느새 TV만 끌어안고 있는 모습에 부아가 치밀었다. 혼자 냉동 만두를 구워 소주를 마시며 시위했다." 남편의 일기를 보고 하마터면 또 삐질 뻔했다. 하지만 "일과 생활을 구별 못 하는 것은 결코 편하게 받아들일 수 없는 문제"라는 다음 구절을 보니 이해가 되었다.
남편은 무서웠던 것이다. 그동안 지켜온 철저한 자기 관리가 아내의 '퍼져 있기 신공' 때문에 무너져 내릴까 봐. 집과 일터가 한 공간이다 보니 그럴 가능성이 다분했다.

남편은 화도 먼저 내고 사과도 먼저 하는 편이었다. 어느 날 또다시 방문을 걸어 잠근 대치(?) 상황. 이번에는 명백하게 내 잘못으로 비롯된 다툼이었다. '사과를 안 받아주면 어떡하지?' 하고 고민하다가 용기를 냈다. 먼저 사과를 청하던 남편 모습이 떠올랐기 때문이다. "있잖아, 내가 잘못한 것 같아." 나의 이 한마디에 남편은 표정이 환해졌다. 내 마음도 깃털처럼 가벼워졌다.
싸우는 법도, 화해하는 법도 남편한테서 배웠다.

몽글이 71회(2001년 11월 8일 발표)

은한일기 28

2001년 봄, 어느 대학 병원 진료실 안. 우리 부부 역사에서 가장 엄청난 사건이 발생했다.

"환자분이 많이 힘드셨나 봐요. 간에 혹이…."

의사 선생님의 목소리가 너무 친절해서였을까, 그것이 바로 '암 선고'라는 사실을 선뜻 받아들이지 못했다. 잠시 멍하니 있다가 뒤늦게서야 그 의미를 깨달았다. 드라마 같은 데 보면 울고불고하던데, 실제로 맞닥뜨리니 이상하게 차분해졌다. 서늘한 느낌이 들 만큼. 당사자인 남편은 과연 기분이 어땠을까.
나는 마치 한 발 떨어져서 나 자신을 구경하고 있는 듯했다. 영화 같은 일이 우리에게 벌어진 것이다. 아니, 우리 삶이 한 편의 영화가 '되어버린' 것이다.

그날 이후 남편과 나는 '암'이란 녀석에 맞서 싸우는 동지가 되었고, 우리 사이에는 끈끈한 전우애가 생겨났다.

몽글이 2회(2000년 10월 5일 발표)

은한일기 29

첫 번째 항암 치료를 마치고 집에 돌아와서 남편이 쓴 일기.

"'1차'라는 부담스런 제목을 붙여야 하는 퇴원 날! 창가에 놓인 난초가 살아 있었다. 동맥색전술을 받고도 눈물이 안 나왔는데, 창문 틈으로 가느다랗고 길게 몸을 뻗고 있는 '풀'을 보니 눈물이 났다. 가족들에겐 내가 이렇게 보이는 게 아닐까? 최악의 조건 속에서 살아남아 있는, 그 모습만으로도 충분히 사랑스럽고 예쁜 존재. 살아남는다는 것은 아름다운 일이다."

오랜 시간이 지났건만, 아직도 그날의 풍경 몇 가지는 생생하다. 현관문을 열고 들어섰을 때 빈집에서 느껴지던 썰렁함, 난초 화분을 물끄러미 바라보던 남편의 뒷모습(우는 줄은 몰랐다).

나는 요즘도 몹시 힘든 날이면 이 문장을 떠올리곤 한다.

"살아남는다는 것은 아름다운 일이다."

몽글이 30회(2001년 4월 5일 발표)

은한일기 30

결혼 초 신촌 모 극장에서의 일. 애니메이션 영화를 보는데 남편이 손에 식은땀을 흘렸다. "어디 아프냐"고 물으니 아니란다. 영화가 끝난 뒤에는 얼굴까지 하얗게 질려 있었다. "무슨 일이냐"고 재차 물었더니 남편 왈. "결혼반지를… 잃어버린 것 같아."
다른 빌딩에서 점심을 먹고 화장실에 들러 손을 씻다가 반지를 빼놓은 모양이었다. 남편과 함께 그 화장실에 가보았으나 허탕. 혹시나 하는 마음으로 바로 옆 사무실에 들렀다. 다행히 그곳 직원이 화장실에서 반지를 발견, 보관 중이었다. 그 직원은 "안 그래도 결혼반지 같아서 걱정했다"는 말과 함께 반지를 돌려주었다.

이렇게 극적으로 귀환한 물건이 있는가 하면 영영 잃어버린 물건도 많다. 그 중 하나가 장갑. 남편이 세상을 뜨기 며칠 전, 나는 밤늦게 귀가하다가 장갑 한 짝을 잃어버렸다. 남편이 선물해 준 장갑이었다. 다음날 나가서 찾아보고 싶었으나 그럴 경황이 없었다. 남편이 갑자기 응급실로 실려갔기 때문이다.

그로부터 몇 년 후, "장갑을 잃어버리면 사랑도 잃는다"는 얘길 들었다. 장갑〔gloves〕의 스펠링에 사랑〔love〕이 들어 있기 때문이라나. 그런 황당한 주장에도 마음이 흔들렸다. 혹시 내가 장갑을 잃어버려서 남편이 떠난 것은 아닐까 하고.

몽글이 52회(2001년 7월 13일 발표)

"날 얼마만큼 사랑해?" "하늘만큼 땅만큼." 가장 큰 대상을 빌려 마음을 표현하고 싶은 것이리라. 그렇다면 슬픔을 표현할 때는 어떨까. 내 경우 가장 슬펐던 지점에는 '숨 막히게'란 수식어가 따라다녔다. 생명에 위협을 느낄 만큼 힘들다는 의미쯤 되려나.

인터넷에서 스트레스 지수와 관련된 내용을 보았다. 홈스와 라헤의 〈사회재적응평가척도〉에 따라, 각각의 상황이 개인 생활에 미치는 변화량을 점수로 환산한 것이다. 배우자 사망 100, 이혼 73, 가족의 사망 63, 부상 및 질병 53, 결혼 50, 은퇴 45, 부부싸움 35, 승진 29 등. 최근 1년 동안 일어난 변화를 합산하여 스트레스 수준을 파악한다고.

나는 본의 아니게 최고 점수를 받고 나서야 남편의 스트레스를 돌아보게 되었다. 남편은 만성간염 진단 후 5개월 만에 어머니를 여읜 데다, 몸과 마음을 추스를 새도 없이 새로운 작품에 몰두해야 했다. 그 후 7개월 만에 간암 판정. 불과 1년 사이의 일이다. 훗날 남편 일기를 통해 상실감이 얼마나 컸는지 알 수 있었다. 그 당시에는 나도 슬픔에 빠져 챙겨주질 못했건만, 며느리 슬픔이 크다 한들 엄마 잃은 아들만 했을까. 슬픔에도 우선순위가 있다는 사실을 좀더 일찍 알았더라면….
뼈 아픈 후회.

몽글이 10회(2000년 11월 12일 발표)

남편은 친정 식구들을 모두 좋아했지만, 특히 가톨릭에서 세례받을 때 대부(代父)였던 작은오빠를 많이 따랐다. "인품이 훌륭하시다, 능력도 뛰어나시다, 잘해 주신다" 등등의 이유로.
하지만 나를 포함한 친정 식구들은 알고 있다. 남편이 존경하던 그 '대부님'에게 어리바리한 면도 많다는 것을. 그 오빠는 어린 시절부터 신발을 좌우 바꿔 신더니 어른이 되어서도 구두를 짝짝이로 신고 나간 적이 있다. 이런 사람을 가리켜 흔히 '천재과'라고 말한다. 만약 그 천재가 성격이 괴팍하다면? 예술가 타입이라고 부르지 않으려나.

가장 억울한 경우는, 능력은 안 되는데 성격만 예술가 타입인 경우. 내 얘기다. 사는 데 불편할 만큼의 예민함 때문에 나도 괴롭고 남도 괴롭다. 그런데 이런 성격조차 상대적인 모양이다. 나보다 훨씬 예민한 남편을 만나고 보니 상대적으로 '둔한' 편이 되었다. 예민한 사람과 덜 예민한 사람이 함께 살면 누가 더 피곤할까? 물론 예민한 쪽이다. 예민할수록 보이는 것도, 느끼는 것도 더 많으니까.

그렇게 나와 남편은 예미너(예민+er, 비교급)와 예민스트(예민+st, 최상급) 짝꿍이었다.

몽글이 67회(2001년 10월 15일 발표)

은한일기 33

'예미너'와 '예민스트'가 가장 잘 통하는 순간은 작품에 대해 이야기 나눌 때였다. 신기했다. 전날 밤 떠든 아이디어가 바로 다음날 작품으로 나오다니. 특히 4컷 만화로 다져진 남편의 연출에는 '기-승-전-반전'의 묘미가 있었다.

요즘 나는 중년 친구들과의 모임에서도 반전의 재미를 발견한다. 대화의 기본은 '주거니 받거니'일 텐데, 우리는 종종 자기가 하고 싶은 말만 한다. 동문서답(東問西答)이라도 되면 다행이고, 보통은 동문서문(東問西問). 질문만 있고 답변은 없다. "이번 연휴에 뭐할 거야?" 묻는데, 바로 옆에서 "골프 재밌지 않니?" 묻고, 또 다른 친구는 "그 옷 예쁘다. 어디서 샀니?" 묻는다.
물론 이것은 배려심 부족 내지 집중력 저하에서 비롯된 상황이겠지만, 혹시 나이 들며 단기 기억력이 떨어져서 더 그러는 건 아닐까. 방금 전에 들은 질문도 곧잘 까먹으니 말이다. 그나마 다음과 같은 '말실수 개그'가 우리를 하나로 뭉치게 한다.
"어떤 아줌마가 '예술의 전당' 가려고 택시를 잡았대. 그런데 택시 기사한테 이랬단다. 아저씨, '전설의 고향' 가주세요."
이미 들었던 얘기지만 처음인 듯 웃기고, 처음 들은 친구는 약 3초 후에 웃는다(두 표현의 차이를 생각하느라). 까르르. 웃음소리만큼은 여전히 소녀들이건만.

너의 아이디는

몽글이 76회(2001년 12월 13일 발표)

은한일기 34

산타 할아버지를 믿지 않게 된 나이는? 내 경우 초등학교 2학년 때였다. 하지만 12월 25일 아침 '깜짝 선물'이 주는 설렘 때문에 "산타가 가짜인 건 알지만, 머리맡에 선물을 놓아달라"고 조르기도 했다. 그 후 어른이 되고 나서는 한동안 잊고 살았다. 그러다가 결혼하고 첫 크리스마스 때 남편에게 또다시 어리광을 부렸다.

"내일 아침 머리맡에 선물이 놓여 있으면 좋겠어."

남편은 내 말을 농담으로 흘려들었다. 그 덕분에 크리스마스 날 아침 내 머리맡은 텅 비어 있었고, 나는 눈뜨자마자 투덜댔다. 신혼의 힘이었을까, 남편은 철없는 나를 구박하는 대신 잽싸게 달려나가 선물을 사 왔다. 선물로 받은 속옷은 취향에도 안 맞고, 사이즈도 안 맞았다. 하지만 나는 행복했다. 크리스마스 선물에 집착했던 이유는 '사랑받음'을 확인하고 싶어서였으니까.
내게 가장 좋은 선물이었던 남편, 길이길이 기억되리.

산타 할아버지의 비밀

내가 아는
진짜 산타 할아버지는
루돌프 사슴처럼
빨간 코에…

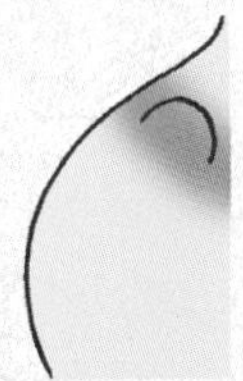

몽글이 18회(2000년 12월 21일 발표)

오래전 어느 봄날.
반지는커녕 꽃 한 송이 없는 프러포즈를 받았습니다.

"당신을 알면 알수록 내가 누군지 절실히 깨닫게 되고,
사막 같던 내 삶의 터전에 예쁜 집 한 채 지을
욕심이 생겨났습니다. 나에게 주어진 모든 시간을
그대와 나눠 가지고 싶습니다. 사랑해요."

새하얀 종이 두 장 덕분에 시작된 결혼 생활, 4년.
그 기간은 사막 같던 제 삶의 오아시스였습니다.
지나치게 풍요롭고 아름다웠던.

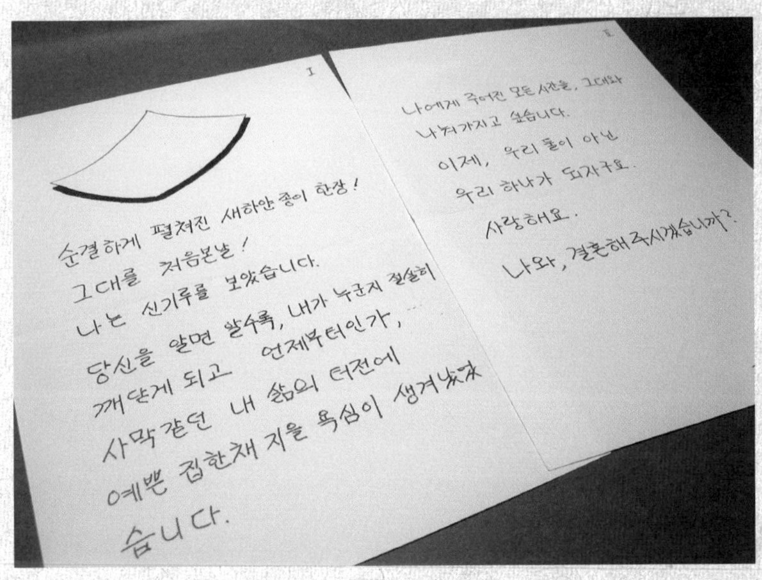
I

순결하게 펼쳐진 새하얀 종이 한장!
그대를 처음본날!
나는 신기루를 보았습니다.
당신을 알면 알수록, 내가 누군지 절실히
깨닫게 되고 언제부터인가,
사막같던 내 삶의 터전에
예쁜 집한채 지을 욕심이 생겨났었
습니다.

II

나에게 주어진 모든 시간을, 그대와
나눠가지고 싶습니다.
이제, 우리 둘이 아닌
우리 하나가 되자구요.
사랑해요.
나와, 결혼해주시겠습니까?

— 안명규가 쓴 프러포즈 편지

이야기
셋

사 랑 은
서 로 를
키 워 주 는 힘

아내는 '방패'로 변신 중.
주변의 염려와 호기심으로부터 나를 지켜내고자 씩씩하게
방패 노릇을 해낸다. 정말 대단하다.

은한일기 35

나는 부모님이 맞벌이를 하셔서 어린 시절 할머니 손에 자랐다. 그래서 할머니는 나에게 엄마보다 더 엄마 같은 분이었다. 엄마 역할을 해준 또 다른 가족은 바로 세 살 위인 셋째 언니다.
언니는 겨우 대여섯 살 때부터 내 손을 꼭 잡고 다녔으며, 초등학교 2학년 때는 유치원을 마친 나를 교실에 데려다 앉힌 채 수업을 듣기도 했다. 또 내가 초등학생이 된 후로는 아침마다 나를 달래서 학교에 데려가는 막중한 임무까지 맡았더랬다. 그 결과 언니는 늘 어른들로부터 "동생도 잘 챙기고, 참 착하다"라는 칭찬을 들었다. 나도 수긍하는 바였다. 그런데 이 상황을 전해 들은 남편의 한마디.

"동생이 귀여웠나 보네."

하하. 왠지 통쾌했다. 뭐랄까, 진짜 내 편이 나타난 것 같은 기분? 이 한마디 덕분에 나는 '민폐 캐릭터'에서 '소중한 동생'으로 거듭날 수 있었다. 내게 남편은 그런 사람이었다.

몽글아, 너 먼저 챙겨

몽글이 25회(2001년 3월 8일 발표)

은한일기 36

남편은 '주부 9단'이라 할 만큼 살림 솜씨가 뛰어났다. 요리면 요리, 빨래면 빨래, 청소면 청소. 아쉽게도 육아는 검증해 볼 기회가 없었으나 역시 훌륭하지 않았을까. 남편에게는 무엇이든 잘 돌보고 키우는 재주가 있었다. 인간, 동물, 식물, 그리고 무생물까지. 어느 날 남편이 찬장 깊숙한 곳의 그릇들을 어렵사리 꺼내 쓰길래 이유를 물었다. 남편 왈.
"얘네도 공평하게 써줘야지. 몇몇 애들만 예뻐하면 좀 그렇잖아."
그 말을 듣고는 '참 별나다'고 생각했다. 그런데 어느새 나도 안 쓰던 그릇까지 일부러 꺼내 쓰고 있는 게 아닌가. 이처럼 남편은 내 삶의 곳곳에 스며들었다.

하지만 학습 기간이 너무 짧았던 탓일까. 완벽하게 전수하지는 못한 모양이다. 정리맨 남편의 가르침에도 불구하고 내 옷장 안이 여전히 뒤죽박죽인 것을 보면. 몇 년째 처박아둔 옷들한테도 평등한 기회를 주어야 할 텐데…. 그러면 매년 이런 소리 되풀이할 일도 없으련만. "왜 이렇게 입을 옷이 하나도 없는 거야."

몽글이 61회(2001년 9월 13일 발표)

은 한 일 기 37

이메일도 문자 메시지도 없던 시절, 나는 '기다림'을 즐겼다. 중학생 때 취미 중 하나는 라디오 음악 프로에 엽서 보내기였다. 내 엽서가 뽑히기를 기다리던 1~2주 동안의 두근거림. 보내본 사람은 알리라. 또 다른 취미는 해외 펜팔. 나는 약 3년 동안 네덜란드의 또래 소녀와 편지(대부분 펜팔 예문 베껴 쓰기였지만)를 주고받았다. 때로는 사진과 달력, 가요 테이프, 심지어 꽃씨까지 오갔다. 답장을 받기까지 한 달 이상 걸렸지만 지루한 줄 몰랐다.

좀더 나이 들어서는 군대 간 큰오빠, 유학 간 작은오빠에게 '위문편지'를 보냈다. 이렇게 다양한 편지를 섭렵했건만 유독 연애편지와는 인연이 없었다. 그런데 남편을 만나자 신세계가 펼쳐졌다. 남편은 편지의 달인이었으며, 전용 사서함과 팩스까지 갖고 있었다. 나는 사무실 팩스로 일일 보고서 겸 팬레터를 전송하기도 했다.

"명규 씨가 새벽 6시부터 일했다는 얘기에 감명받아, 나도 오후 시간을 알차게 보내기로 결심. 근데 이렇게 놀고 있으면 어떡하냐고요? 오해예요 오해. 열심히 타이핑 연습하죠, 인간관계에 대해 고찰하죠 등등. 이제 밥먹을 시간. 안농. 1997년 6월 9일 팬클럽 회장이자 회원 1호 드림."

팬클럽 이름으로는 뭐가 좋았을까. 맹구스? 몽글스?

몽글이 14회(2000년 12월 7일 발표)

은한일기 38

남편과 나는 여러 가지 애칭을 썼는데, 그 중 하나가 '놈팽이'와 '거북이'였다.

나는 거북이란 별명답게 삶의 방향을 찾을 때도 한 템포씩 늦었다. 연애나 결혼, 직업까지. 몇 년 전에는 낯선 분야에 불시착해서 헤매다가 유턴, 어린 시절 꿈이었던 '그림'을 다시 배우게 되었다. 문제는 의욕만 앞설 뿐 굳어진 손이 따라오질 못했다는 것. '이보다 잘할 줄 알았는데, 저 친구들은 저렇게 앞서가는데….' 상심해 있던 나에게 친구 K가 이런 메시지를 보내주었다.

"잘할 수 있어. 남들이 들인 시간을 인정해 주고 너의 속도에 맞춰서 뚜벅뚜벅 가렴. 어제의 너보다 나은 네가 될 테니까. 초조해하지 말고 즐기렴."

친구의 격려 덕분에 힘이 났다. 그렇다, 간절히 원하는 일이 있으면 서툴더라도 계속 밀고 나가야 한다. 그럴 때 필요한 것은 인디언의 기우제(祈雨祭) 정신! 인디언이 기우제를 드리면 반드시 비가 내린다지 않는가. 비가 올 때까지 기우제를 드리기 때문에. 내 곁에도 기우제 정신 충만했던 한 사람이 있었다. 그의 애칭은 놈팽이.

몽글이 5회(2000년 10월 15일 발표)

은한일기 39

나약한 존재인 인간은 자신을 허세로 포장하기도 한다. 콤플렉스가 심한 사람일수록 더 그렇다. 그런 면에서 남편과 내가 동시에 감추고 싶었던 부분은 '약함'이었다.

남편은 연애 시절부터 자신이 얼마나 강한 사람인지 보여주고 싶어했다. 십 대 시절에 신장염을 심하게 앓은 적이 있다던데, 그 보상심리가 아니었나 싶다. 그 후 암 투병 말기에는 인터넷의 '무림 이야기'에 빠져 지내기도 했다.

한편 나에게는 일종의 '강한 여자 콤플렉스'가 있었다. 결혼할 때 주위에서 "너처럼 공주병 있는 애가 어떡하냐"며 걱정하자, "공주병이 있는 건 맞는데 평강공주병이다. 남편을 멋진 장수로 만들 테니 두고 보라"고 큰소리쳤다. 또 보호자가 된 후로는 남편을 지키기 위해서 매우 까칠해졌다. 이에 대한 남편의 기록. "아내는 '방패'로 변신 중이다! 주변의 온갖 궁금증과 염려와 호기심으로부터 나를 지켜내고자 씩씩하게 방패 노릇을 해낸다. 정말 대단하다. 사랑한다!"

내가 강한 척했던 것은 어쩌면 약한 모습을 들키기 싫어서였을지도. '남편이 사라질지 모른다'는 생각이 들면 난 한없이 약해졌다.

몽글이 41회(2001년 5월 17일 발표)

은한일기 40

나는 평강공주를 자처했지만 허술한 데가 많았다. 언뜻 보면 무언가 열심히 하고 있는데, 뜯어보면 안 하느니만 못 한 식으로. 그해 여름 '모기와의 전쟁'도 그랬다. 남편의 간에서 시작된 종양은 이내 폐로 전이됐고, 나는 고민에 빠졌다. 모기 퇴치법 때문이었다.

그때 우리는 상가 주택에 살았는데, 초여름부터 유독 모기가 많았다. 나는 모기향의 살충제 성분이 환자 폐에 해롭다며 '모기장'을 준비했다. 그것도 하얀 색상에 레이스까지 달린 캐노피 스타일로. 남편은 졸지에 하얀 성탑 안에 갇힌 '왕자님'이 되었다.

어찌나 모기들이 드세던지… 어느 날인가는 모기장과 맞닿아 있던 남편의 까까머리에 착 달라붙어 흡혈 중인 모기가 포착되기도 했다. 특히 안방에 모기가 들끓어서 원인이 될 만한 곳들을 살펴본 결과, 안방 이중창 중에서 바깥쪽 창문이 덜 닫혀 있는 게 아닌가. 그 작은 틈새로 쳐들어온 모기 떼. 창문을 잘못 닫은 범인은 바로 나였다.

미안하오 왕자, 그대를 구하는 씩씩한 기사가 되고 싶었는데 또 의욕만 앞섰나 보오.

쌩쌩이의 건강을 위해

몽글이 56회(2001년 7월 26일 발표)

남편은 독한 항암 주사 때문에 머리카락이 많이 빠지자 아예 밀어버리기로 했다. "처음 면도기를 쥐고 남편의 머리를 미는 이상한 경험을, 그것도 화창한 5월 5일 어린이날에 겪게 해준 게 미안하고 눈치 뵌다. 아내는 슬펐을까? 혹시 징그러웠을까?"
남편의 일기를 보니 그날 풍경이 떠오른다. 창밖으로는 신록의 가로수들이 보이고, 나는 일회용 면도기를 든 채 몹시 당황…했으나 당황하지 않은 척 남편 머리를 깎고 있다. '낯선' 경험이었다.

남편의 투병 이후 낯선 고민거리들이 생겨났다. 까까머리를 감추려면 두건이 나을지 모자가 나을지, 고기를 먹어도 될지 채식만 해야 할지, 남편이 만화를 그리겠다면 말려야 할지 말지. 그 밖에 환자와 보호자들이 겪는 여러 가지 혼란들.

우리 부부는 항암 주사 부작용으로 병원 치료가 중단되자 막막했다. 대체 요법을 써보고 싶어도 어떤 게 진짜고 가짜인지 분별하기 어려웠다. 결국 값비싼 건강보조식품을 사 먹으며 플라시보(가짜약)효과로 위안을 삼았다. 지금도 정답은 모르겠다. 중요한 것은 '환자 자신'의 믿음일 터. 아이러니하게도 남편은 항암 치료 중단 후 머리카락이 정상적으로 자라나서, 건강해 '보이는' 모습으로 삶을 마무리했다.

몽글이 32회(2001년 4월 15일 발표)

은한일기 42

죽음이 임박한 사람들의 심리적 반응은 대체로 부정, 분노, 타협, 우울, 수용의 단계로 나뉘는데,* 빨리 '수용'할수록 심리적 안정감이 높아진다고 한다. 남편의 경우 단계와 단계 사이를 오갔으며, 시간이 흐를수록 빠르게 성숙해 갔다. 아니 성숙보다는 급속한 진화란 표현이 어울릴 듯하다. 진화 속도가 너무 빨라서 천사가 되어버렸나 싶을 만큼.

결혼 초 "영세를 받았다. 이제 진짜 가톨릭 신자가 되었다. 큰일이다"라고 걱정하던 남편은 암 진단 후에는 "하느님이 어떤 질문을 던지기 위해 지금의 고통을 주시는 것 같다. 나의 뾰족한 마음을 둥글게 만들어서 세상에 이로운 일을 하라는 뜻?"이라고 자문하는가 하면, 아픈 와중에도 감사 기도를 드릴 정도가 되었다. 실제로 뾰족한 성격은 퇴화하고 배려심은 폭발했다. 하지만 남편(그리고 나)의 기대와 달리 "주님이 주신 몸, 주님이 치유해 주시는" 기적은 일어나지 않았다.

그러나 그게 다였을까. 살아서는 '나'란 사람을 변화시켰고, 죽어서는 여러 사람 기억 속에 남게 된 일. 어찌 보면 이 또한 기적이 아닐까.

---

* 미국의 정신의학자 엘리자베스 퀴블러 로스가 이야기한 '죽음을 맞이하는 다섯 단계'.

변신에는 아픔이 따른다

몽글이 46회(2001년 6월 14일 발표)

"절망에 대해 말해 보렴 너의 절망을, 그럼 나도 내 절망을 너에게 말할 테니."
메리 올리버의 시 〈기러기〉 가운데 일부다. 9·11테러 8주기 추모식 때 미국의 부통령이 이 작품으로 유족들을 위로했단다. 멋지다. 그러나 나는 어른이 되어도 누군가를 위로하는 일이 참 어렵다. 20년 가까이 학교와 학원을 다녔어도 '위로 과목'은 배우지 못해서일까. 딱히 떠오르는 말이 없어 무난하게 "힘내"라고 말해 보지만, 이미 최선을 다하고 있는 이에게는 힘 빼는 얘기일 듯도 싶다. 조심스럽다. 그래도 포기하지는 말자. 어떤 형식을 빌리든 진심은 통하는 법.

때로는 백 마디 멋진 말보다 그냥 옆에 있어주는 것만으로도 위로가 된다. 나의 체험담. 남편을 떠나보낸 직후 셋째 언니네 들렀을 때의 일이다. 내가 방안에 틀어박혀 우울해하는데, 조용히 방문이 열렸다. 그러더니 여섯 살짜리 조카 녀석이 살며시 다가와 내 손을 꼭 잡아주는 게 아닌가. 고사리 같은 손에서 전해지던 온기. 나는 아직도 그 따스함을 잊지 못한다.

몽글이 27회(2001년 3월 27일 발표)

은한일기 44

남편과 이별하고 3년쯤 되었을 때, 우울증이란 녀석이 찾아왔다. 서둘러 터전을 옮긴 게 화근이었을까. 출근하면 일과 사람에 치여 슬퍼할 겨를도 없었으나, 퇴근 후 텅 빈 오피스텔에 들어서면 눈물이 쏟아졌다. 게다가 불면증까지 심해져서 결국 전문가를 찾았다. 의사 선생님의 첫 질문. "남편은 어떤 사람이었나요?"
"엄마 같은 사람이었어요."
이렇게 답하는데 눈물이 왈칵 솟았다. 나는 상담 과정에서 어린 시절을 돌아보았고, 엄마가 나를 떼어놓고 출근하면 난리 피우던 기억이 떠올랐다. 이 같은 분리불안이 남편과 이별하며 되살아난 듯했다. 다행히 슬픔의 근원을 알고 나니 조금씩 여유가 생겼다. 나를 응원해 주는 가족들이 고마웠고, 친구들 소식이 궁금해졌다.

그 당시 친구들과 공유하던 사이트에 올렸던 글.
"너무 행복하거나 너무 불행한 사람은 남의 삶을 들여다볼 여유가 없다. 온전히 자기자신 안에 빠져 있기 때문이다. 예전에 내가 그랬다. 그런데 조금 덜 행복해지고 조금 덜 불행해지니까 이웃의 삶도 보이기 시작한다. 요즘의 내가 그렇다."

또 시간이 흘렀다. 이제는 누군가의 엄마, 아니 엄마의 엄마에 가까워진 나이. 그래도 여전히 엄마 역할은 서툴다.

어른이 되면

몽글이 70회(2001년 11월 4일 발표)

은한일기 45

우울증이 사라지고 나자, 내 관심은 행복으로 옮겨갔다. 행복해지고 싶은데… 과연 행복이란 뭘까. 그 당시 이렇게 자문해 보았다.
"나는 지금 '내게 없는 것'을 가진 이들에 비해 불행한 것 같다. 하지만 과연 '내게 없는 것'을 가진 이들은 모두 행복할까?"
심지어 내가 처한 상황에 대해서조차 "결혼이라도 해봐서 좋겠다"며 부러워하는 후배가 있었다. 철이 없구나 싶다가도 결혼 자체가 행복의 기준이라면 그럴 만했다. 돌아보니 내가 가진 것이 꽤 많았다. 사랑 못해서 한이 맺히길 했나, 직장 있지, 같이 놀 친구들 있지…. 내 인생에서 행복한 순간과 불행한 순간은 있을지언정 남과 비교하는 것은 의미가 없다는 생각이 들었다. 스스로 가장 불행하다고 여기던 시기에 비하면 훨씬 행복해지지 않았는가.

그 후 시간이 흐르며 상황은 또 변했다. 남과 비교하는 일은 줄었으나, 나 자신의 행복을 비교하는 일은 멈추지 못했다. 과거 행복했던 순간이 떠오르면 현재가 초라하게 느껴질 때도 있다. 하지만 다행히 이런 마음을 다스리는 방법도 터득했다. 현재 내가 가진 것에 어쨌든 감사하기. 나한테 없는 것만 보고 투덜거리기에는 인생이 너무 짧다.
지금 이 순간도… 원하던 대로 《몽글이》를 준비하고 있으니, 행복하지 아니한가.

신발을 뺏기다

몽글이 69회(2001년 10월 21일 발표)

은한일기 46

사랑은 무엇일까. 한때 킴 카잘리의 만화 〈사랑이란…〉 시리즈가 인기를 끈 적 있다. 또 어떤 트로트 가수는 "사랑은 눈물의 씨앗"이라고 노래했다. 그렇다면 내게 사랑은? "서로를 키워주는 힘"과 동의어다.

예전의 나는 이성을 만나면 늘 한 쪽 발만 담근 채 단점부터 찾기 바빴다. 언제든 그만두기 위해서였다. 이렇게 겁 많던 내가 남편을 만나고는 달라졌다. 두 발 모두 담근 데 이어 내 안의 부끄러운 모습까지 드러낸 것이다. 비웃음을 살까 봐 걱정했지만, 돌아온 것은 뜻밖에도 '온전히 사랑받는다는 느낌'이었다.
나는 남편에게 주로 '받는' 쪽이었지만, 가끔은 대범한 선물로 남편을 놀라게 했다. 첫 번째 발렌타인데이에 《나 그대를 사랑하는 까닭은》이란 명상 시집으로 마음을 고백하는 등. 나를 자유롭게 해주는 남편이 고마웠고, 있는 그대로의 남편을 받아들이고 싶었다.

사랑이 떠나버린 뒤, 그 빈자리는 상실감으로 채워졌다. 결혼 생활을 '고작' 4년만 허락한 하늘이 원망스럽고, 그런 사랑이 축복인지조차 의심스러웠다. 그러다 문득 깨달았다.
'난 태어날 때부터 혼자였고 떠날 때도 혼자겠지. 이런 내가 불쌍해서 천사 남편이 4년 씩이나 머물다 간 것인지도 몰라.'

몽글이 9회(2000년 11월 9일 발표)

은한일기 47

인기 드라마에서 남자 주인공이 그런다. "천년만년 가는 사랑이 어디 있겠어." 연인들은 다짐한다. "죽음이 우릴 갈라놓을 때까지 사랑하겠노라"고. 이 말에 따르면, 사랑의 유효기간은 죽을 때까지인가 보다. 만약 한쪽이 죽으면 그 사랑도 폐기되는 것일까. 어쩌면 '그리움'으로 이름만 바뀌는 게 아닐는지. 사랑의 또 다른 이름, 그리움. 천년만년 가는 사랑은 없을지 모르나 그리움이라면 어떨까. 내가 확인한 바로는 최소한 15년은 간다.

남편과 이별 후 하루이틀은 거의 온종일(꿈에서조차) 남편을 생각했다. 그런 상태가 영원히 계속될 것 같아 숨이 막혔다. 세상을 뜬 남편이 안타깝고, 좀더 잘해 줬더라면 하는 자책감도 들었다. 몇 개월 지나자 나를 향한 연민이 생겨났다. 그렇게 '애도'와 '위로'를 오가는 사이 슬픔이 밀려드는 횟수는 차츰 줄어들었다. 그리고 함께 지냈던 기간만큼 시간이 흐른 뒤 새로운 일상, 새로운 인연으로 과거를 밀어냈다.

그래서 남편에 대한 그리움은 깨끗이 지워졌을까? 그렇지는 않다. '천년만년 계속' 그리워하지는 않겠지만… 잊고 지내다가도 불쑥 감정이 솟구칠 때가 있다. 지금처럼. 이럴 때는 스스로를 다독이는 수밖에. 아, 파도가 또 밀려오는구나. 잠시 기다리자, 물러갈 때까지.

몽글이 74회(2001년 11월 29일 발표)

은한일기 48

애도, 그 슬픔의 파고가 높아지는 때는 언제일까. 내 경우에는 처음 1개월 동안, 그리고 1년과 3년 무렵이었다. 그 후 조금씩 낮아지다가 잊을 만하면 되살아났다. 너무 힘들 때는 차라리 기억상실증에라도 걸렸음 싶었다. 영화 〈이터널 선샤인〉처럼.

영화 속 남자 주인공은 아픈 기억만 지워준다는 회사를 찾아가 헤어진 연인을 기억 속에서 지우기로 한다. 최근 이별한 기억, 다툰 기억부터 지워나가던 중 첫 만남에 가까워지면서 문제가 생긴다. 사랑을 시작하던 순간, 행복했던 추억이 떠오르자 주인공이 기억 지우기를 거부한 것이다. 알고 보니 상대방도 마찬가지 상황. 결국 두 연인은 모든 상황을 알고서도 다시금 사랑을 시작한다.

아팠던 기억을 지울 수만 있다면…. 그러나 그 대가로 소중한 추억까지 잃어야 한다면? 나 역시 지우지 않는 쪽을 택하리라. 이제는 나도 안다. 누구나 살아가면서 겪는 이별과 조금 빨리 마주쳤을 뿐임을. 비슷한 처지의 동지에게 전하는 당부의 말씀.
"많이 괴로우시죠. 시간은 더디고. 하지만 빨리 벗어나고 싶다고 이사, 전직 등 중대한 결정을 서두르진 마세요. 슬픈데 아닌 척하지도 마시구요. 슬퍼할 만큼 슬퍼해야 제대로 낫는답니다. 상처가 아물기 전에 딱지를 떼서 덧났던 사람 드림."

이상하다 시간이

몽글이 75회(2001년 12월 6일 발표)

은한일기 49

우리의 결혼 생활은 4년, '한창 좋은 때'에 멈춰 있다. 그래서 지금 현실에서 부대끼는 중년의 위기와는 동떨어진 감이 없지 않다. 과연 남편과 10년, 20년 계속 살았어도 변함없이 애틋했을까.

솔직히 잘 모르겠다. 결혼한 지 20여 년 된 친구(열애 끝에 결혼한)의 이야기를 들으니 자신이 없어진다. 얼마 전 자기 남편한테 나쁜 습관을 고쳐달랬더니 이러더란다.
"생명체는 원래 쉽게 변하지 않아. 식물의 뿌리만 봐도 생명을 위협하는 상황—바위 같은—에 맞닥뜨리지 않는 한 방향을 안 바꾸잖아."
결론은 거절. 괘씸하면서도 묘하게 설득력이 있었다. 연애 시절에야 상대를 붙잡고 싶어서 원하는 대로 맞춰주겠다고 하지만, 그게 어디 쉬운가. 결혼과 동시에 본성이 드러나서 갈등을 빚는 경우도 부지기수. 결혼 생활이 편안하냐 아니냐는 얼마나 자기 생긴 대로 살 수 있느냐에 달려 있다고 해도 과언이 아니다.

어찌 보면 남편은 내게 따뜻한 햇볕이자 위협적인 바위였다. 삶과 죽음의 의미를 동시에 알려주었으니까. 그러나 나는 과거로 돌아가도 또다시 남편을 택할 것 같다. '철부지'였던 내가 그나마 '어른아이'로 클 수 있었던 것은 전부 남편의 사랑 덕분이니 말이다. (혹시 남편이 거부하는 건 아니겠지?)

몽글이 73회(2001년 11월 18일 발표)

은한일기 50

남편 안명규, 하면 떠오르는 색깔은 하얀색이다. 첫 만남 때도 '하얀' 얼굴이 눈에 띄었고, 내면의 순수함이 '하얀색'을 닮았으며, 프러포즈도 '흰' 도화지를 이용했다. 게다가 떠나는 날엔 '흰' 눈까지 내렸다. 이러다가 〈백(白)의 찬미〉라도 부를라.

흰색은 점점 엷어져 '무'의 상태로 돌아가거나 점점 밝아져 '빛'이 되기도 한다. 흰색을 닮은 남편이 빛 속으로 사라져버린 뒤, 슬픔의 조각들이 나를 공격했다. 특히 몸과 마음이 약해졌을 때면 어김없이. 슬픔에 시달리면서 깨달은 사실이 하나 있다. 그 조각을 뽑아낼 수 있는 사람은 결국 나 자신뿐이라는 것.

내가 나를 아프게 하고, 그런 나를 내가 치유하고…. 이런 상황이 뫼비우스의 띠처럼 반복되는 게 인생일까. 비록 남편에 대한 애도는 일단락되었지만, 여전히 내 주변에는 또 다른 괴로움들이 맴돌고 있다. 그러나 미리 걱정하지는 않으련다. 내 발걸음은 또다시 치유를 향해 나아갈 테니까. 생명체가 그 근원인 햇빛을 향하듯이.

몽글이 7회(2000년 10월 29일 발표)

은한일기 51

영화의 한 장면. 101세 할머니가 침몰한 배에서 건져 올린 그림 속 다이아몬드 목걸이를 들여다보고 있다. 이어서 시간은 과거로 거슬러 간다. 주변의 반대를 무릅쓰고 운명적 사랑에 끌린 남녀, 하지만 배가 침몰하면서 이별을 고하게 된다. 여자를 판자 위에 태운 남자는 차가운 물속에서 저체온증으로 죽어가며 말한다. "약속해 줘, 넌 반드시 살아남겠다고. 절대 포기하지 않을 거라고…."

영화 〈타이타닉〉 이야기다. 신혼 때 이 영화를 남편과 함께 극장에서 보았다. 영화는 영화일 뿐, 남편과의 이별은 상상조차 할 수 없었다. 그로부터 몇 년 후, 영화 속 이별은 현실이 되었다. 남편은 떠나고 나는 홀로 남았다.

또다시 15년의 세월이 흐른 현재. 내 눈앞에는 다이아몬드 목걸이 대신 만화 〈몽글이〉가 펼쳐져 있다. 남편이 나를 위해 남겨준 마지막 선물. 〈타이타닉〉 여주인공의 마지막 대사를 흉내 내본다.
"이제 여러분은 안명규를 알게 되었어요. 날 구하고, 내 영혼의 자유까지 구한 사람을. 그는 오직 내 기억 속에만 존재하죠."
아니, 마지막 문장은 이렇게 고치고 싶다.

"그는 우리 모두의 기억 속에 존재하게 되었죠."

몽글이 17회(2000년 12월 20일 발표)

남편에게는 무엇이든 잘 보살피는 능력이 있었습니다.
식물, 동물, 인간 가리지 않았죠.
한번은 남편이 작은 화분 세 개를 들고 왔습니다.
언니네가 이사 가면서 버린 화분이었습니다.

"왜 말라죽은 걸 들고 왔어? 그냥 버려요."

남편은 저의 비관적 견해에도 굴하지 않고
꾸준히 물을 주더군요. 몇 주 후.
앙상한 가지에 새순이 돋아나더니, 제 눈에도
예뻐 보이기 시작했습니다. 남편의 사랑이 키워낸
용삼트리오, 기적의 또 다른 주인공들입니다.

— 인삼벤자민 화분들, 애칭은 '용삼트리오'

이야기
넷

안 명 규
일 기

세상의 모든 고통을 감싸 안을 능력은
오직 주님께 있지만, 만약 허락하신다면 나도 작은 고통
한 자락이라도 감싸주는 사람이 되고 싶다.

편집자 주

이 장에는 만화가 안명규의 마지막 1년 간 일기 가운데 일부를 실었다.
끝부분의 '은한일기'는 안명규의 아내가 재구성해서 쓴 글이다.

살아남는 것은 아름다운 일

•
하느님이 어떤 질문을 던지기 위해
고통을 주시는 것 같다. 마음을 둥글게 만들어
세상에 이로운 일을 하라는 뜻?
•

2001년 3월 9일(금)

초음파 검사. 간에 혹이 있단다. 암일지도 모른다고 한다. 간 수치가 정상이 되었다는 판정을 받고 환하게 웃으며 돌아올 줄 알았는데…. 암? 내 몸이 그렇게 엉망이었나? 어쩌면 수술을 해야 할 상황이라는데, 〈몽글이〉가 제일 먼저 생각났다. 어떻게 연재를 이어갈 수 있을까? 아내는 뭐든 해낼 것처럼 씩씩하게 위로한다. 충분히 그럴 아내고.

하느님이 어떤 질문을 던지기 위해 지금의 고통을 주시는 것 같다. 나의 뾰족한 마음을 둥글게 만들어서 세상에 이로운 일을 하라는 뜻? 너무 거창하다. 하하!

2001년 3월 14일(수)

조직 검사. 혹시 양성이면? 그것은 기적이고 큰 행운이겠지. 담담히 결과를 기다린다. 조직 검사실에 누워 시술을 받으며, 고통이 느껴질 때마다 군번을 외웠다. 23265…. 겁 없던 시절, 깡만 있던 시절. 그 시절을 떠올렸고 마지막엔 주님이 생각났다.

2001년 3월 15일(목)

검사 결과는 '악성 종양'으로 판명났다. 그랬겠지. 주님은 말썽꾸러기 양을 착한 양으로 만들기 위해 매를 드셨나 보다. 견뎌낼 만큼의 매.

2001년 3월 19일(월)

동맥색전술은 간동맥에 항암제를 투여해서 종양의 혈액 공급을 차단하는 시술 방법. 시술 후… 고통이 찾아왔다. 영혼이 달아나 버릴 듯 숨 막히는 고통이다. 꽤 세다! 그래도 울진 않았다.

2001년 3월 27일(화)

'1차'라는 부담스런 제목을 붙여야 하는 퇴원 날! 창가에 놓인 난초가 살아 있었다. 동맥색전술을 받고도 눈물이 안 나왔는데, 창문 틈으로 가느다랗고 길게 몸을 뻗고 있는 '풀'을 보니 눈물이 났다. 가족들에겐 내가 이렇게 보이는 게 아닐까? 최악의 조건 속에서 살아남아 있는, 그 모습만으로도 충분히 사랑스럽고 예쁜 존재. 살아남는다는 것은 아름다운 일이다.

2001년 4월 1일(일)

남동생 올라옴. 소개팅 얘기로 너스레를 떠는 동생이 보기 좋았다. 별로 아픈 티 나지 않는 형에게 염색한 머리칼이 대단하다고 말해 주고 떠난 동생. 문을 열고 나가는 동생의 얼굴에서 엄마가 보였다. 형제는 참 눈물 나는 관계다.

2001년 4월 4일(수)

항암 주사 치료법을 써보려고 한다. TV에서 숱하게 봐서 막연히 잘 알고(?) 있는 항암 주사. 머리털도 빠지고 음식도 제대로 못 먹는. 지레 겁먹을 필요는 없는데, 이럴 땐 동맥색전술처럼 아무것도 모르는 게 더 나은지도. 어젯밤 아내가 울었다. 사랑하는 나의 여자를 위해서라면 무엇이든 못 할까. 이놈의 종양을 없앨 수만 있다면 머리털이야 아예 없어도 괜찮다. 주님이 주신 몸, 주님이 치유해 주신다!

2001년 4월 12일(목)

두 번째 퇴원(첫 번째 항암 치료 끝난 날)! 길었던 다섯 번의 항암 치료가 끝났다. 아직 음식 얘기만 들어도 속이 울렁이고 입이 쓰지만, 정말 견딜 수 없는 건 '눈물'이다. TV나 신문을 통해 접하는 크고 작은 고통을 보며 눈물이 난다. 후배들에게 겉멋으로 "고통을 알아야 한다"고 얘기한 적이 있다. 그땐 진짜 고통이 뭔지도 몰랐는데, 이제 조금은 알 것 같다. 세상의 모든 고통을 감싸 안을 능력은 오직 주님께 있지만, 만약 허락하신다면 아주 작은 고통의 한 자락이라도 감싸주는 따뜻한 사람이 되고 싶다.
아내와 대화하며 깨달음. 내 수호성인인 '세례자요한'에겐 명예도 부귀도 없었다. 그냥 광야에서 쉼 없이 주님 세상만 외친 신념의 사나이! 당신의 고귀한 이름을 세례명으로 받은 의미를 조금은 알 것 같다. 마음의 평화♡. 새로 고친, 휴대폰 바탕 화면의 문구!

2001년 4월 15일(일)

부활절! 작은형님 내외분이 피정 예정지를 직접 둘러보고 오셨다. 감사하고 또 감사하다. '대부님'이라고 한 번도 못 불러드렸는데 늘 관심과 사랑을 주시는 분이다. 형님을 닮고 싶다. 나는 누군가에게 정녕 한 번이라도 따뜻한 존재가 되어준 적이 있었던가?

2001년 5월 5일(토)

머리를 완전히 밀었다. 듬성듬성 지저분하게 빠지던 머리칼을 속 시원히 없애버렸다. 손에 와 닿는 까까머리의 느낌이 낯설지만 그런 건 중요치 않다. 처음 면도기를 쥐고 남편의 머리를 미는 이상한 경험을, 그것도 화창한 5월 5일 어린이날에 겪게 해준 게 미안하고 눈치 뵌다. 아내는 슬펐을까? 혹시 징그러웠을까?

너 희 들 이
날 도 와 다 오

왜 하필이면 나인지? 서글펐다.
아내에게 짜증을 부렸다. 아내는 점점 어른이 되어가고, 남편은 점점 아이가 되어간다.

2001년 6월 3일(일)

아침부터 우울했다. 왜 아파야 하는지? 왜 하필이면 나인지? 잘 살고 싶었는데 이젠 그냥 살아남아야만 한다는 사실이 서글펐다. 또 아내에게 짜증을 부렸다. 아내는 점점 어른이 되어가고, 남편은 점점 아이가 되어간다.

군대 생활 한 번 더 한다고 다짐 또 다짐! 재수 없으면 사고로 다치거나 죽을 수도 있는 군대! 어떡하든 견뎌내는 자에겐 제대의 영광이 주어지지 않는가! 암! 너 정도야 견뎌내 보리라. 이렇게 까까머리를 하고 있으니 해병대 정도의 생활은 각오해야지.

2001년 6월 22일(금)

안산에 올랐다. 경건함이 느껴지는 조용함, 솔 향기, 숲의 바람. 모든 것이 완벽하게 맘에 들었다. 나무에게, 숲에게 말했다.

"너희들이 날 도와다오! 병이 낫도록 너희들이 내게 힘을 다오!"

지난번 항암 치료 때와는 달리, 가래가 조금씩 올라온다. 새 약물에 대한 반응인가? 겁이 나진 않는다. 모든 방법을 총동원해서 이겨내고 말겠다. 난 힘없이 무너지는 병자가 아니다. 이겨내고 극복해 내는 병자다. 이길 수 있다!

2001년 6월 27일(수)

성경을 읽으면 비로소 마음이 좀 편해진다. '욥'이라는 사람은 엄청난 시련을 겪는다. 그에 비하면 나는 괜찮은 편이다. 한번에 성령을 받겠다는 욕심은 그만 접고, 매일매일 조금씩 주님께 다가가자. 언젠가 그 밝은 빛을 볼 수 있지 않을까? 힘을 내자.

2001년 7월 3일(화)

내일이면 5차 입원. 마음은 싱숭생숭, 침울, 여러 걱정들. 이제 식사 때마다 찾아올 구토는 그리 겁나지 않는다. 문제는 다섯 차례의 항암 주사다. 지난번에도 혈관 찾기가 어려웠는데 이번에도 쉽지 않을 것 같다. 주삿바늘 통증이야 아주 잠깐인데도 여전히, 아니 점점 갈수록 주삿바늘이 싫다. 징그럽다. 장맛비라도 치료 기간 내내 시원스레 퍼부어주면 좋겠는데…. 지금 아내의 마음은 어떨까?

저녁때 먹은 오리고기가 정말 맛있었다.

2001년 7월 4일(수)

엑스레이 결과, 폐로 전이된 종양이 전보다 더 커졌다. 결국 입원은 일주일 뒤로 미뤄지고 집으로 돌아왔다. 무엇이 잘못된 걸까? 시키는 대로 꼬박꼬박 치료받고, 기도도 열심히 드렸는데…. 차라리 몸이 아프다면 이해가 쉬울 텐데, 마치 유령의 희롱에 걸려든 느낌. 밥 잘 먹고 볼일 잘 보고 잠 맛있게 자는데 왜? 상태가 점점 나빠져간다는 사실이 아직은 두렵지 않다. 아내가 힘들어할까 그게 더 걱정이다. 사랑하는 나의 아내.

생각할수록 머릿속엔 '물음표'만 가득 채워진다. 주님은 무엇을 주시기 위하여 지금의 시련을 경험케 하시는 걸까? 약간의 현기증, 근육 빠진 팔과 다리. 이것은 악몽일까? 슬슬 화가 나기 시작한다. 참아야 되는데….

2001년 7월 6일(금)

약수터에서 아내와 말다툼을 했다. 지금은 어떤 말이든 '부정적인', '불가능한' 식의 의미가 조금이라도 담겨 있으면 무조건 싫다. '희망'만이 살 길이요, 빛으로 느껴지는 건 어쩔 수 없다. 아내의 본심은 분명 그게 아닌데 과민 반응한 내가 싫었다. 누군가에게 막 소리 지르고 화풀이라도 하고 싶은, 그런 마음! 결국 화살이 아내에게 꽂혔다. 몸속의 종양은 몸보다 먼저 마음에 생채기를 내고 있다. 져선 안 된다.

2001년 7월 9일(월)

기적이란 무엇인가? '의지력'이 중요하다고들 충고하지만 그 의지력을 어느 때 쓰는 게 효과적인지는 아무도 가르쳐주지 않는다.

2001년 7월 12일(목)

생일! 새 항암제의 작은 부작용이 느껴졌다. 어제까지 그렇게 왕성하던 식욕이 사라진 것이다. 엄마 생각이 자꾸 나려는 걸 참았다. 기쁜 마음으로 엄마를 떠올릴 수 있는 날은 언제쯤 올지….

저녁때 작은형님 내외분이 오셔서 생일을 축하해 주셨다. 너무 고마웠다. 기운 내서 아구찜으로 저녁을 같이했다. 이렇게 좋은 분들과 '한 가족'이 되었다는 건 축복이다. 아내의 축하 카드와 만보기 선물. 사랑스런 아내. 기운을 차리자. 새 약이 효과를 100프로 발휘하도록. 영차!

주님께 점점 빠져드는 느낌

내리꽂히는 채찍보다, 무거운 십자가보다
예수님을 고통스럽게 했던 건 '성모님 눈물'이
아니었을까? 난 그 고통을 경험해 봤다.

2001년 7월 14일(토)

생일 선물로 주문한 쌍안경이 왔다. 작고 귀여운 게 여러모로 마음에 든다. 쌍안경에 비친 세상이 재밌다. 손님이 북적이는 상가, 비 내리는 길, 교회 탑…. 이상하다. 쌍안경으로 본 사물들은 어딘가 달라 보인다. 어쩌면 새로운 세상을 꿈꾸는 바람이 있기에 그렇게 비쳐 보이는 건지도 모른다.

평화방송 TV에서 〈나의 신앙고백〉이란 프로를 봤다. 타인을 위해 봉사하고 나누는 삶을 택한 그분들이 존경스러웠다. 화상 치료를 받으며 죽음의 고비를 넘긴 분을 보며 지금 현실을 생각해 봤다. 그분은 고통이 있었기에 봉사하는 삶을 선택하셨다는데, 결국 고통의 진정한 의미를 깨달으신 것이다. 난 고통과 마주쳤을 때 과연 주님의 고통을 떠올렸던가. '고통의 신비'를 잊지 말자.

2001년 7월 17일(화)

간밤에 엄마 꿈을 꾸었다. 엄마가 돌아가시려는 상황에 동생들을 불러오느라 정신이 없는, 말도 안 되는 내용. 거기다 안마해 드리던 내 손을 뿌리치신, 낯설고 무서운 엄마의 표정. 무슨 뜻일까? 임종을 못 지킨 불효자로서의 자책감? 이제 그만 편하게 놔달라는 엄마의 메시지? 엄마 생각만 하면 이내 슬픔의 늪에 빠져들게 된다. 도저히 벗어날 수 없을 것 같은. 이젠 그 늪에서 벗어날 때가 왔나 보다. 우리가 행복해지는 것이 곧 엄마의 행복이었다. 잊지 말자. 이젠 하늘나라에서 편히 쉬세요 울 엄마!
처가 모임이 있었다. 조용히 입 다물고 있었지만 가슴속엔 신뢰와 사랑이 충만했다. 모든 분들이 지금처럼만 계속 행복하시길. 조카 녀석이 자신의 은반지를 선물로 줬다. 헤비메탈 추종자들이 끼고 다님 직한 반지다. 막내 이모부의 투병 사실을 알고 있는 10대 조카는 이런 식으로 속마음을 표현하는가 보다. 예쁘고 착한 조카들! 대하기 부담스런 이모부는 되기 싫은데…. 힘을 내자.

2001년 7월 18일(수)

평화방송 라디오 프로에서 얼마 전 아내가 보낸 사연이 소개되었다. 즐겁고 기뻤다. 방송 전파로 들으니 '투병 중인 남편'이 나라는 게 어색하고 실감이 나질 않았다. DJ 수녀님의 정성 어린 기도에 감사할 뿐이다. 주님, 제 기도에 귀 기울여주시길 빕니다. 할 일 많은 안명규에게 기회를 주시길.

2001년 7월 21일(토)

새벽에 폭우가 쏟아졌다. 막냇동생의 생일. 미역국 한 그릇 못 얻어먹었을 녀석의 생일이다. 못난 큰형에 대한 걱정으로 한숨만 내쉬고 있을 안타까운 동생. 엄마를 생각해서라도 꼭 챙겨줬어야 하는데 그러질 못했다.

2001년 7월 22일(일)

저녁 묵주기도로 고통의 신비 4단을 바치며, 십자가를 지고 갈바리아산으로 오르시는 예수님을 떠올렸다. 등에 내리꽂히는 채찍보다, 무거운 십자가보다 예수님을 고통스럽게 했던 건 '성모님의 눈물'이 아니었을까? 예수님도 어쩌면 그러한 성모님의 눈물을 보고 우셨는지도 모른다. 그 고통의 부피가 얼마나 큰 지 알 것 같다. 난 그 고통을 경험해 봤다. 주님께 점점 빠져드는 느낌.

2001년 7월 25일(수)

피검사 결과 면역력 수치가 좋게 나왔다. 건강보조식품의 효험을 보는 걸까? 기분이 좋다. 다음주 엑스레이 결과도 좋게 나와줬으면. 남동생도 결석이 자연스럽게 빠져버려서 다행이다. 너무 신경 쓰지 말라는 아내의 충고. 그러나 자꾸 마음이 가는 걸 어쩌랴. 옆에서 밥 한 끼 챙겨줄 사람 없고 모든 걸 스스로 챙겨야 하는 남동생이다. 제 손으로 죽을 끓여 먹는 환자란 정말 어설프고 처량 맞은 것. 주님께 감사 기도를 올리자. 남동생도 한고비 넘게 해주셨고, 이 몸에게도 용기를 주신 우리 주님! 감사하나이다. 꾸벅~

2001년 7월 31일(화)

고향 친구 H가 다녀갔다. 점심 한 끼 같이 먹고 얼굴만 잠시 보다 사진 몇 장 찍고 갔다. 놈의 검은 얼굴에 담긴 걱정스러움과 안타까움을 잘 안다. 무슨 긴말이 필요하랴. 빛나는 시절의 추억을 함께했던 친구. 그 누구보다 든든하게 마음의 '버팀목'이 되어주던 녀석이다. 머리털이 자꾸 빠져서 한약을 먹고 있고, 마음 같아선 고아를 양자로 들이고 싶어하며, 여전히 발 넓게 여러 사람들과 잘 지내고 있단다. H는 그렇게 씩씩하게 잘 살고 있나 보다.

2001년 8월 5일(일)

볼수록 마음에 드는 새집. 이 집에서 오래오래 살고 좋은 일들이 많이 생기면 좋겠다. 행운도 많이 따라주면 정말 좋겠다. 아내도 맘에 들어해서 다행이고 고마운 일이다. 위층의 소음과 가끔씩 들려오는 아기들 소리가 아직은 낯설지만, 그래도 편한 마음으로 받아들여야지. 괜히 신경 곤두세워서 좋을 건 없다. 조금은 둥글게 살아가는 연습을 해보는 거다.

2001년 8월 9일(목)

위층 소음 때문에 미워하는 감정이 솟구칠 때마다 '주님의 기도'

를 바치는데, 효과가 있는 듯하다. 조금씩 신경을 덜 쓰게 되는 것도 같고…. 누군가 원망스러워질 때에도 기도문으로 깨끗이 지워버릴 수 있다. 얼마나 멋진 방법인가!

오후에는 어제와 반대 방향으로 산행을 했다. 곳곳마다 쉼터도 잘 마련돼 있고 한적해서 산책 코스로 참 좋았다. 기뻐하는 아내를 보며 더욱 기분이 좋았고. 메타세쿼이아! 안산 숲속에 있는 나무들! 그 싱싱한 생명력을 닮고 싶다. 그 가지 끝이 하늘을 향하듯, 나의 노력은 주님이 인정해 주시리라.

2001년 8월 13일(월)

악몽을 꾸었다. 깨어나선 기억도 나지 않았지만 기분이 찜찜했다. 꽁꽁 감추어둔 두려움들이 그토록 많이 쌓여 있던 것일까? 2주일 가까이 병원에 가질 않으니, 어느새 큰 병을 앓는 환자란 사실 또한 잊어버렸다. 그러나 갑자기 바람처럼 달려드는 두려움, 공포는 막아내기 힘들다. 전에는 성경을 자주 보았는데, 이사 온 후로는 한 번도 보질 않았다. 긴장이 풀려서인지, 마냥 도망치고 싶어서인지 알 수 없다. 비디오로 영화 〈친구〉를 봤다. H, J, K… 고향 친구들 모두 보고 싶다.

내일도 이 바람을 느낄 수 있길

이상하다. 엄마라고 쓰면 쓸수록
자꾸 눈물이 난다. 지금은 우리 자식들이
울 차례인가. 보고 싶은 우리 엄마.

2001년 8월 21일(화)

〈몽글이〉 담당 H 기자와 점심을 함께했다. 내심 메뉴 때문에 긴장했는데 의외로 백반으로 간단히 때웠다. 그것도 H 기자가 계산을 하고. 등수는 밝히지 않았지만, 〈몽글이〉가 인기 순위에서 꽤 괜찮은 평가를 받은 듯하다. 어떤 주문이나 요구 사항이 없어 마음이 놓였다. 지금까지 연재를 이어오느라 힘도 들었지만 확신 또한 있었다. 〈몽글이〉, 첫 번째 히트작이 될 것이다!

2001년 8월 22일(수)

안산 봉우리에 올랐다. 전부터 별러왔던 일. 화실 동생 L까지 불러 기어이 오르고야 말았다. 아마도 안산의 봉우리들 중에 최고 높은 봉우리인 듯. 그만큼 힘들었다, 내색을 하진 않았지만. 멀리 북한산 자락이 보였다. 반가웠다. 하늘에 뜬 구름도 가깝게 느껴지고 바람은 왜 그리 시원한지. 오랜만에 맛보는 신선한 기분, 살아 있다는 기분. 정말 주님께 감사드릴 일이다. 하산길에 다리가 후들거렸다. 몸속의 종양들도 힘이 들었겠지.

2001년 8월 23일(목)

큰처형이 집에 들르셨다. 아내에게 설명하시는 내용 속엔 용적률, 대지, 월세 같은 단어들이 있었다. 왠지 어른스러운 단어들. 난 아직도 그것을 제대로 이해하지 못하고, 앞으로도 영영 친해지긴 틀린 것 같다. 지금 나이 서른여섯 살도 적진 않은데, 언제 어른다운 어른이 될까? 우리 큰처형은 맏이답게 그 역할을 잘해 내신다. 한번쯤은 그런 맏이가 돼보고 싶다. 난 가슴속에 꿈만 가득 부풀려 넣고 사는데, 이런 남편을 믿고 사는 아내는 또 얼마나 황당한가. 우린 황당무계한 부부다.

2001년 8월 27일(월)

쉽게 나아질 몸 상태가 아닌가 보다. 결국 내일 병원 검사를 받기로 했다. 길었던 휴가는 끝났다. 어쩌면 입원을 할지도 모른단다. 그동안 종양 때문에 폐가 상한 것인지도.
처갓집에서 가져온 아내의 예전 일기장을 보았다. 또박또박 예쁜 글씨, 많은 고민과 갈등, 그리고 꿈들. 아내는 부끄러워했지만 이

쁘기만 하다, 우리 아내의 과거는. 저녁 바람이 서늘하다. 내일 밤도 이 바람을 그대로 느낄 수 있길….

2001년 8월 28일(화)

오랜만에 찾은 병원. 여전히 부담스럽고 답답함이 가득한 곳. 진단 결과, 다행히 '걱정할 만한 것'은 아니라고 한다. 단순한 목감기 정도. 주님이 보살펴주신 덕분이다. 힘든 고비를 넘길 때만 '은총'을 느낀다는 게 좀 비겁하지만. 집으로 돌아와, 인터넷 사이트의 '무림 이야기'에 열중했다. 최배달, 이소룡, 태권도, 소림권법, 공수도 등. 왜 이다지도 끌려드는 건지. 아내의 핀잔에도 모니터에서 눈을 뗄 수 없었다. '힘'이 너무도 간절해서일까? '강함'이 미치도록 그립기 때문인지도 모르겠다. 오래전 신장염을 앓던 그 시절처럼. 누가 알까, 이 심정을.

2001년 8월 29일(수)

엄마 기일. 저녁 연미사(편집자 주_돌아가신 분을 위해 봉헌하는 미사)를 드렸다. 성당에 가기 위해 씻고 스킨을 바르려다 눈물이 찔끔. 이제 점점 눈물이 엄마와 동의어가 되어간다. 서른여섯 나이엔 어머니라는 호칭이 더 어울리겠지만 엄마라는 호칭마저 안 쓰면 영영 엄마를 잃어버릴 것 같다. "엄마!" 하고 부르면 금방이라도 달려오실 것만 같고.

놀라운 우연 하나, 미사 중 강론 시간에 신부님이 '세례자요한'에 대해 말씀하셨다. 놀라운 우연 둘, 미사 마지막 성가가 〈불의가 세상을 덮쳐도〉였다. 병원에서 수없이 부르던, 제일 좋아하는 성가인데. 주님은 우리 부부가 드린 연미사를 특별히 빛내주시기 위해 작은 기적을 둘씩이나 보여주신 걸까? 감사합니다.
엄만 지금 하늘에서 뭘 하고 계실까? 눈엔 안 보이지만 우리들 곁에 내려와 계시려나? 오늘만큼은, 만약 그렇다면 영화에서처럼 존재한다는 표를 좀 내시든지…. 부끄럼 많은 우리 엄마. 이상하다. 엄마라고 쓰면 쓸수록 자꾸 눈물이 난다. 살아 계실 땐 우리 위해 많이 우셨기에, 지금은 우리 자식들이 울 차례인가. 보고 싶은 우리 엄마.

2001년 8월 30일(목)

며칠째 이종격투기에 매료되어 정신없이 봤다. 마치 실제 격투라도 치른 듯한 통증들이다. 얄궂다. 솔직히 그 경기들이 제아무리 거칠다 해도 지금 내가 치르는 싸움만큼 위험하진 않겠지. 나는 이겨내지 못하면 바로 치명타를 입는 게임을 치르고 있지 않은가. 힘내야지. 이까짓 통증쯤 파스 몇 장으로 훨훨 털어버리고 계속 맞서 싸워야 한다. 약도 충분하고, 바로 곁에 든든한 응원군도 있고. 잘 싸울 수 있다.

2001년 9월 8일(토)

새벽녘 얼핏 잠에서 깨어나며 소리쳤다.
"난 나을 수 있다! 나을 수 있다! 낫는다!"
혼자만의 생각은 아니었던 것 같다. 주님이 함께 외쳐주신 게 아닐까. 아침 기도를 올리며 하루를 시작했다. 〈몽글이〉 콘티도 두 개나 짜고, 미뤄오던 산책도 해냈다. 해질 무렵의 안산은 운치가 있었다. 아직 단풍은 눈에 띄지 않지만 풀벌레 소리에서 가을이 느껴졌다. 모든 일은 순리대로 시작해서 끝맺는 것! 마음을 가라앉히고, 희망을 쥔 채 열심히 살아야겠다.

"나를 죽일 수 없는 시련은 나를 이길 수 없다!"

며칠 전 화실 동생 L이 보내준 메일에서 본 글귀.

그렇게 호락호락 당하진 않겠다. 낫는다!

2001년 9월 12일(수)

뉴욕과 워싱턴에서 비행기 테러가 일어났다. 가미가제 같은 자살 공격. 수천 명의 사상자가 났다고 한다. 지옥은 결국 우리 인간들이 만들어낼 수 있는 것이었나?

2001년 9월 13일(목)

아내가 큰처형 식당 개업을 돕느라 며칠째 집을 비운다. 혼자 있는 시간이 낯설고 불편하다. '죽음'에 대한 생각도 떠오르고…. 보호자 없으면 아무것도 못 하는 환자 꼴이라니. 죽음이 떠오를 때마다 주님의 기도를 외우자. 주님께 악착같이 매달리기! 어쩌면 아내는 큰처형 식당에서 일을 할지도 모른다. 그러면 낮 시간이 덩그러니 주어질 것이고. 보호자는 더 이상 없다. 자신이 없는데…. 몸이 약해지면서 마음도 함께 주저앉은 걸까?

잘 지내보자 친구야

평소보다 일찍 깨어나 원고를 열심히 했다. 이놈의 친구가 신이 났겠지. 친구야! 그래도 너무 설치지는 마라.

2001년 9월 18일(화)

병원에 갔다. 입원하는 일만큼은 없길 간절히 바랐고, 그렇게 되었다. 병원 앞 쉼터 원두막에 누워 하늘을 쳐다보았다. 그곳엔 주님이 계셨다. 감사하고 또 감사한 일이다. 큰 시련을 주셨지만, 그것을 이겨낼 수 있는 힘도 주셨음을 알았다.

2001년 9월 29일(토)

처가 식구들과의 식사 시간. 묵묵히 음식만 밀어넣었다. 무슨 할 말이 있단 말인가. 그 누구를 대해도 부끄러울 뿐. 집으로 오기 전, 장인어른은 악수를 청하며 말씀하셨다. "매일 기도하고 있어.” 아! 역시 할 말이 없었다.

2001년 10월 6일(토)

피 섞인 가래가 다시 나오는 게 찜찜하다. 찬바람이 결국 원인. 이젠 계절을 느낄 형편도 못 되는 것인가? 모처럼 산에 올랐다. 숲길에 앉아 있으니 기분이 묘했다. 그냥 욕심 없이 살면 좋겠다는 생각. 나무 보고, 바위 보고, 하늘 쳐다보고, 아내 얼굴 보고… 그렇게 단순히 살 수 있었음 좋겠다. 이제 내 ‘몸’의 주인은 내가 아닌 듯하다. 언제 어떻게 변할지 알 수가 없다. 몸아! 내가 널 그렇게 혹사시켰더냐? 대답 없는 몸!

2001년 10월 8일(월)

병원에서 피검사를 하고 엑스레이를 찍었다. 간기능 수치를 알아보기 위해서 혈액을 좀 많이 뽑았다. 속으로 긴장! 검사 결과가 어찌 나올지…. 미국이 아프간 침공을 시작했다. 이번 결과에 따라, 이 몸뚱이에도 새로운 항암 공습이 시작되겠지. 진행 중인 〈몽글이〉 원고를 빨리 끝내야겠다.

2001년 10월 10일(수)

검사 결과, 간 수치와 폐 상태는 예전 그대로 유지되고 있단다. 주치의 진찰도 말일로 미뤄졌다. 좋은 쪽으로 결론이 났건만, 맘이 편치 않았다. 뭔가 숨기는 건 아닐까? 너무 나쁜 상태라 대충 넘기려는 건? 심통이 잔뜩 난 암 환자다운 상상들로 산책길이 어수

선했다. 산비둘기 한 마리가 나뭇가지에 앉아 있었다. 내리는 비를 맞으면서도 왠지 자연스럽고 당당했다. 지금의 나에겐 작은 새 한 마리가 갖는 여유도 없는 것인가.
수첩을 보니 병원에서 마지막으로 약을 받은 게 8월 28일! 한 달여 동안 병원 치료 전혀 안 받고 체력을 유지하고 있는 셈이다.

2001년 10월 24일(수)

머리가 띵해지면서 온몸의 기운이 쪽 빠지는 기분이 들 때가 있다. 면역력과 관계있는 증세 같은데…. 아직 익숙하진 않지만 잠자리에 누워 암 종양에게 말을 건넨다. "친구야~" 하고 부르면 그 무서운 놈이 진짜로 내 얘기에 가만히 귀 기울일 것만 같다. 오늘은 평소보다 한 시간 일찍 깨어나 원고를 열심히 했다. 이놈의 친구가 신이 났겠지. 친구야! 그래도 너무 설치지는 마라. 우리 잘 지내보자.

2001년 11월 1일(목)

문득 깨달았다. 묵주의 '9일기도' 응답이 이미 있었음을. 상태가 더 이상 악화되지 않고 멈춘 것, 그것이다. 감사합니다!

2001년 11월 4일(일)

처갓집 온라인 카페에 올린 내 글에 조카 녀석이 한 줄 답변을 남겼다. "수비수도 골을 넣을 수 있다"는. 맘씨 좋은 어른 행세 좀 해보려 했더니 힘들다. 이제 겨우 초등학교 2학년이고, 아무 생각 없을 나이려니 하다가도 왠지 괘씸하다. 언제나 주목받는 공격수로서 화려한 골인만 꿈꾸는가. 며칠 전 집에 들렀던 꼬마를 보고도 그랬듯 다시 한 번 '건조함'이라는 낱말이 떠올랐다. 조카 한 명의 가슴에도 온기를 불어넣지 못하면서 수많은 아이들을 어떻게 감동시킬 것인가. 적어도 '생각할 수 있는' 〈몽글이〉를 만들고 있다고 자부했는데…. 이건 분명 상처다. 어이없는 일격에 아로새겨진 상처. 모두 일등이 되고 스타가 되어야만 하는 아이들. 그 공주와 왕자들이 무섭다. 자식이 있었다면 정말 걱정 많은 아버지가 되었겠다.

2001년 11월 9일(금)

숨이 넘어갈 듯하던 고통도 벌써 이틀 전의 과거가 됐다. 그 고통이 사라진 지금 정말 그런 일이 있었는지 의심날 지경이다. 아내가 운전 학과시험에 80점으로 합격. 머지않아 자가용으로 모시고 다니겠다 큰소리다. 착하고 귀여운 아내.

2001년 11월 16일(금)

왜 아무것도 하기 싫고 늘어질까. 이제 가을이 시작되는 걸까. 어디선가는 첫눈도 내렸다는데, 뒤늦어도 한참 늦게 가을 핑계인가. 잘하자!

눈이 왔으면 좋겠다

결혼기념일. 아내가 "40년 정도만 같이 살자"고 했다. 서로 사랑하기에, 너무 사랑하므로 더욱 힘이 드는지도 모른다.

2001년 11월 21일(수)

병원 진료. 몸무게 63킬로그램, 저번보다 조금 빠진 것도 같고…. 3개월 전에 찍은 엑스레이 사진과 비교해 보았는데, 우울했다. 뿌연 연기처럼 생긴 사진 속의 '그놈'이 지금 내 폐에 가득 들어차 있다니. 오후에 건강보조식품을 먹다 토했다. 벌써 몇 차례 겪은 일이지만, 기분이 찜찜하다. 아내에겐 비밀로 해야겠다.

내일은 4주년 결혼기념일. 꽃도 선물도 준비하지 못했다. 가슴 가득 미안함, 고마움, 그리고 영원한 사랑만이 들끓는 채 내일을 맞아야겠다.

2001년 11월 22일(목)

4년 전 오늘, 우린 결혼했다. 햇수로는 고작 4년, 그러나 그동안 우리 부부가 겪었던 일들을 생각하면 40년의 세월이 흘러간 듯하다. 카드 한 장 주고받지 않았고, 케이크도 먹지 않았다. 별로 그러고 싶지 않았다. 왠지 우울함과 미래에 대한 불안감이 결혼기념일을 마구 흩뜨려놓는 것 같다.
우리는 저녁 외식을 마치고 돌아와 거실에서 포옹했다. 아내가 "40년 정도만 같이 살자"고 했다. 지금 이 작고 가녀린 여자는 떨고 있는 것이다. 우리의 미래는 보이질 않는다. 마치 오늘 날씨처럼 안개가 자욱할 뿐. 서로 사랑하기에, 너무 사랑하므로 더욱 힘이 드는지도 모른다. 내년 결혼기념일엔 아내와 함께 산에 오르고 싶다. 내가 얼마나 강한 사나이인지 꼭 보여주자.

2001년 11월 23일(금)

몸속의 친구 놈이 심통을 부리기 시작했다. 오른쪽 가슴이 결린다. 마음가짐이 흐트러진 탓이다. 의심하고 겁내고 초조해하고… 결국 친구 놈에게 멍석을 깔아준 셈. 마음공부를 기초부터 다시 다져야겠다. 마음의 평화! 이 얼마나 좋은 말인가. 친구 놈의 심통도 편안한 마음으로 받아줘야지. 그래, 우리 정말 잘 지내보자. 이제 초겨울부터 얼음 꽁꽁 어는 한겨울 내내 티격태격 잘 어울려보자. 가슴에 붙인 파스 냄새가 참 좋다. 이 모든 것을 천천히 즐겨보는 것도 괜찮겠지.

2001년 11월 28일(수)

아내가 운전 기능시험에 무난히 합격. 축하 꽃 한 송이라도 주고 싶었는데 지갑이 너무 빈약했다. 함께 가서 응원도 못 해주고. 아내가 모는 차를 타고 멋지게 드라이브할 날도 머지않았다. 어젯밤 품었던 회색빛 상념들이 아내와 함께 연희동 거리를 걸으며 많이 풀어졌다. 코끝에 와 닿는 싸한 바람, 적당히 붐비는 인파, 화려한 쇼윈도… 모든 풍경에 '생명'이 넘쳤고, 그 기운을 기쁘게 받아들였다. 침대 위에서 할 수 있는 일은 잠 아니면 걱정뿐인 것 같다. 밀폐된 방안에 환기가 꼭 필요하듯 자주자주 '정신의 환기'를 시켜야겠다. 목욕탕 거울에 비친 몸이 점점 야위어간다. 4~5킬로도 빠졌었는데 이 정도야 뭐.

2001년 12월 2일(일)

이틀째 기침이 심하다. 몸속의 친구 놈이 심술을 부리나 보다. 그동안 얌전히 지냈으니 이젠 슬슬 지겨워졌다 이건가? 잠자리에서 일어나며 뱉어낸 붉은 핏덩이가 섬찟했다. 정신 차려야지. 이 정도로 '쫄면' 앞으로 남은 싸움에서 어떻게 버텨낼 수 있단 말인가. 만만히 볼 친구가 아니다. 슬슬 달래봐야겠다. 이제 12월. 겨울이 시작됐다. 앞으로 친하게 잘 지내보자, 친구야.

12월 3일(월)

P 선배의 방문. 부탁한 CD를 품에 안고 나타난 선배. 늘 변함없는 모습과 행동에서 '신뢰감'이란 단어를 떠올리게 한다. 생각해 보

면 선배에겐 행운이 따라준 적이 거의 없었던 것 같다. 그 좋은 그림 실력을 가지고 애니메이션에서 빛을 발하지 못하다니…. 선배에게 '나'란 존재 또한 얼마나 답답하고 안타까운 의미일까. 힘을 내자. 적어도 선배처럼 좋은 사람에게 실망을 줄 순 없다.

《여성동아》 J 편집장님의 답장 메일이 왔다. 돌아가신 장인어른 얘기부터 대안 학교에 지원서를 낸 아들 얘기까지, 오래된 친구처럼 시시콜콜 따스한 얘기들을 보내주셨다. 정말 고맙다. 봄이 되면 편집장님 집에 놀러가고 싶다. 여섯 마리 개들, 특히 진돗개 '복실이'를 꼭 봐야지.

2001년 12월 5일(수)

아침 식사 후 단잠을 잤다. 그래서인지 컨디션이 좋았다. 기침도 적게 하고, 피도 거의 나오지 않고. 아내는 나를 보고 "얼굴에 살이 붙은 것 같다"는 말까지 했다. 그런 과장이 싫지 않았다.

2001년 12월 7일(금)

잠자리에서 일어나자마자 어지럼증과 식은땀, 무력감으로 정신을 못 차렸다. 노란 물을 토해 내면서 겁이 났다. 지금 무슨 일이 일어나는 건가? 아내가 없었더라면 어찌됐을지 상상만 해도 끔찍하다. 그런 와중에 《카프 31호》 회지가 우편으로 왔다. 정신을 차린 뒤 천천히 회지를 읽어보며 기분이 풀어졌다. 귀여운 후배들! 카프 홈피에 들어가 인사 글을 남겼더니 금세 답글이 떴다. 반가웠다. 주치의 말로는 아침의 상태가 '저혈당' 증세라 한다. 조심해야 할 일들이 점점 늘어만 간다. 지금은 산을 오르는 중, 힘들고 지쳐도 예서 말 수는 없지. 언젠가 정상에 꼭 다다른다. 그것이 진리다.

2001년 12월 11일(화)

모처럼 방바닥에서 떨쳐 일어나 원고 작업을 하고 산행도 했다. 영상 10도! 얼마나 산책하기 좋은 기온인지 몸으로 알 수 있었다. 지난주 두 번에 걸쳐 소화불량에 시달렸더니 아무래도 위장이 겁을 먹었나 보다. 입맛도 없고 얼마 먹지도 못하겠고. 어느 정도 예상했던 신체 변화 중 하나지만, 당할 수만은 없다. 연구를 해야겠다. 결국 식탐가가 되어야겠지.

저녁에 작은형님이 집에 오셨다. 날 먹이려고 초밥까지 준비해서. 형님과 함께하는 식사에 어찌 식욕이 안 날 것인가. 정말 잘 먹었다. 그 따스한 기운에 기침도 잠시 멈추었다. 정말 좋은 분이다. 형님 앞에서 쓸데없는 얘기를 너무 늘어놓은 건 아닌지 걱정이다. 형님의 무릎이 빨리, 고통 없이 낫길….

2001년 12월 12일(수)

저녁때 TV를 보며 혼자 울먹였다. '어머니'와 관계된 그 어떤 화면에도 쉬 몰입되고 눈물이 맺힌다. 요 며칠 엄마가 해준 음식들이 생각나서인가. 이 몸에 도움 안 되는 감정 소모 같다. 이 밤, 눈이 왔으면 좋겠다. 깨끗한 흰 눈.

2001년 12월 13일(목)

온다던 눈은 오지 않고 기온만 뚝 떨어졌다. 확실히 기침이 많이 나온다. 〈몽글이〉 원고를 컬러까지 직접 완성.* 아내는 자기에게 안 맡겼다고 퉁퉁댔지만 아내의 짐을 조금이나마 덜어준 듯해서 좋았다. 이상하다. 한동안 어느 정도 '절제'되는가 싶더니, 다시 인터넷 게임에 빠져 정신을 못 차리겠다. 부끄럽다. 아내는 지금 도로주행시험에 외주 교정까지 정신없이 해내고 있는데…. 게임은 이제 그만! 차라리 비디오를 빌려보는 게 낫지. 다리 운동에, 아이디어라도 얻게.

* 미발표 작품인 〈온달 왕자님〉을 가리킨다.

미발표(2001년 12월 13일)

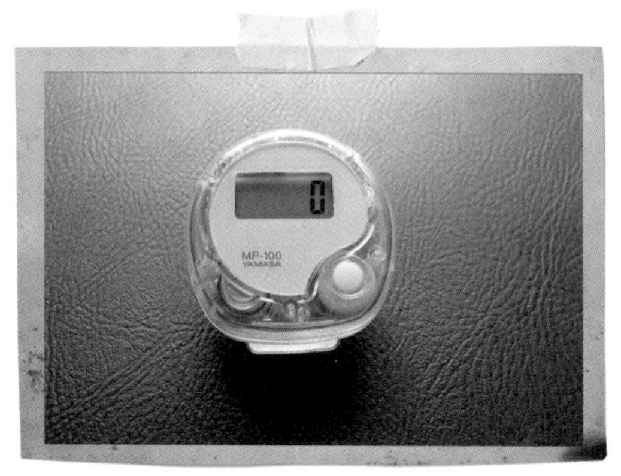

"

남편의 만보기도, 일기도 여기에서 멈췄다.
이 세상에 머물던 마지막 6일,
그 이야기를 '아내 시각'으로 대신 옮겨본다.

"

은한일기 2001년 12월 14일(금)

드디어 운전면허 최종 합격. 오후에는 편집 회의까지 있어서 밤 늦게야 돌아왔다. 서둘러 귀가하느라 장갑 한 짝을 잃어버린 줄도 몰랐다. 속상하다, 남편한테 선물받은 장갑인데. 또 잔소리 듣겠네. 그나저나 남편이 너무 힘이 없어 보인다. 혼자 있어서 외로웠나. 조금만 기다려, 신랑~

은한일기 2001년 12월 15일(토)

아침에 남편은 잠을 설쳤다며 덧붙였다. "꿈에 엄마를 뵀어." 돌아가신 시어머님을? 왠지 불길했다. 이어서 남편은 "해물라면이 먹고 싶은데 엄마가 안 된다며 칼국수를 끓이셨어"라고 했다. 내가 물었다. "같이 먹었어?" "응." 가슴이 철렁.

점심 무렵. 남편이 '꿈에도 원하던' 해물라면을 끓여먹었다. 잠시 눈을 붙였는데, 다급한 목소리가 들렸다. "지혈제 두 알씩 먹으랬나?" 눈을 떠보니 기침하는 남편 옆에 피 묻은 휴지가 널브러져 있었다. 남편은 약을 먹어도 나아지기는커녕 정신까지 잃었다. 내가 허둥대는데 정신을 차린 남편이 "침착해… 난 괜찮아"라고 말했고, 나는 129를 불렀다(다니던 병원까지 가야 해서).

토요일 저녁 도로는 끔찍하게 밀렸다. 남편이 구급차 안에서, 또 병원 응급실에서 촬영을 기다리며 괴로워하는 모습을 보며 정신이 퍼뜩 들었다. 그동안 남편이 '잘' 버텨줘서 잊고 있었던 것이다. 그가 병원에서도 포기한, 말기 암 환자라는 사실을.

은한일기 2001년 12월 16일(일)

입원 1일째. 간밤의 진통제 덕분인지 남편은 조금 나아진 듯 보였다. 지방에서 달려온 시동생들한테 "일 잘 되냐, 술 좀 마시지 마라, 성당 나가라…" 잔소리할 정도였으니까. 오후에는 수녀님이 방문해서 봉성체(환자를 위한 영성체)를 주셨다.

은한일기 2001년 12월 17일(월)

입원 2일째. 남편은 오전에 CT촬영을 한 이후 얼굴빛이 눈에 띄게 나빠지고 열이 올랐다. 게다가 밤부터는 객혈과 기침까지 심해졌다. 더럭 겁이 났다. 안 돼, 아직은….

은한일기 2001년 12월 18일(화)

입원 3일째. 남편의 몸 상태는 더욱 악화되었다. 의사 선생님이 아주 큰 바늘로 남편 복부를 찔러보고는 '복강 내 출혈'이라며 지혈을 서둘러야 한다고 했다. 남편을 시술실로 들여보내고 밖에서 혼자 기다리는 동안 무서우리만큼 차분해졌다. '저렇게 고통스러워하는 남편을 붙잡는 것은 내 욕심이 아닐까. 이제 마음의 준비를 하자.' 그래도 다른 가족들이 올 때까지만 조금 더 버텨달라고 기도했다. 내 소망대로 남편은 '정신을 차린' 채 시술실 문을 나왔다. 남편은 이미 지혈이 불가능할 만큼 몸 상태가 엉망이었지만 정신력으로 버티며, 찾아온 가족 및 친구들과 인사를 나눴다.

은한일기 2001년 12월 19일(수)

지난밤 남편이 슬슬 떠날 신호를 보내와서, 나와 몇몇 가족이 불침번을 섰다. 내 차례가 되었을 때, 남편은 정신이 오락가락하는 와중에도 내가 〈평화를 주옵소서〉란 성가를 부르자 "평화, 평화"라는 부분을 따라 했다. 또 나의 "사랑해"란 고백에 잠시 미소를 짓기도 했다.

이윽고 남편은 사랑하는 가족들과 친구가 지켜보는 가운데 감춰두었던 날개를 서서히 펼쳤다. 나는 마지막 인사를 건넸다. "태어나줘서 고맙고, 같이 살아줘서 고마워. 더 잘해 주지 못해 미안해." 남편은 마지막 힘을 쏟아붓듯 짧은 순간 나와 눈을 마주친 뒤 다시 감았다. 이내 호흡이 멈추고 표정이 평화로워졌다.

호흡이 멈추었다는 의사 선생님의 얘기에, 모두들 흐느껴 울기 시작했다. 그러다가 내가 "그래도 아직 영혼은 이 안에 있는 거 아닌가. 그럼 울면 안 되겠네"라고 울먹이자, 남편의 눈에서는 눈물이 한 방울 흘러내렸다. 마치 응답이라도 해주듯이. 이것을 끝으로 남편은 천사 날개를 완전히 펼치고 날아갔다.

이때 시각 새벽 6시 15분.

은한일기 2001년 12월 21일(금)

3일의 장례 기간 동안 남편을 기억하는 많은 이들이 찾아와 주었다. 그들은 남편에게 마지막 인사를 건네고, 남은 가족들을 위로해 주었다. 그리고 오늘 운구 차량이 벽제에 들러 화장을 한 뒤 용미리 왕릉식 추모의 집으로 향했다. 무심코 차창 밖을 보니, 남편이 그토록 바라던 흰 눈이 내리고 있었다. 사랑하는 사람들 오가는 길 미끄러울까 배려하듯, 아주 조금씩… 예쁘게 아주 예쁘게.

설날 아침

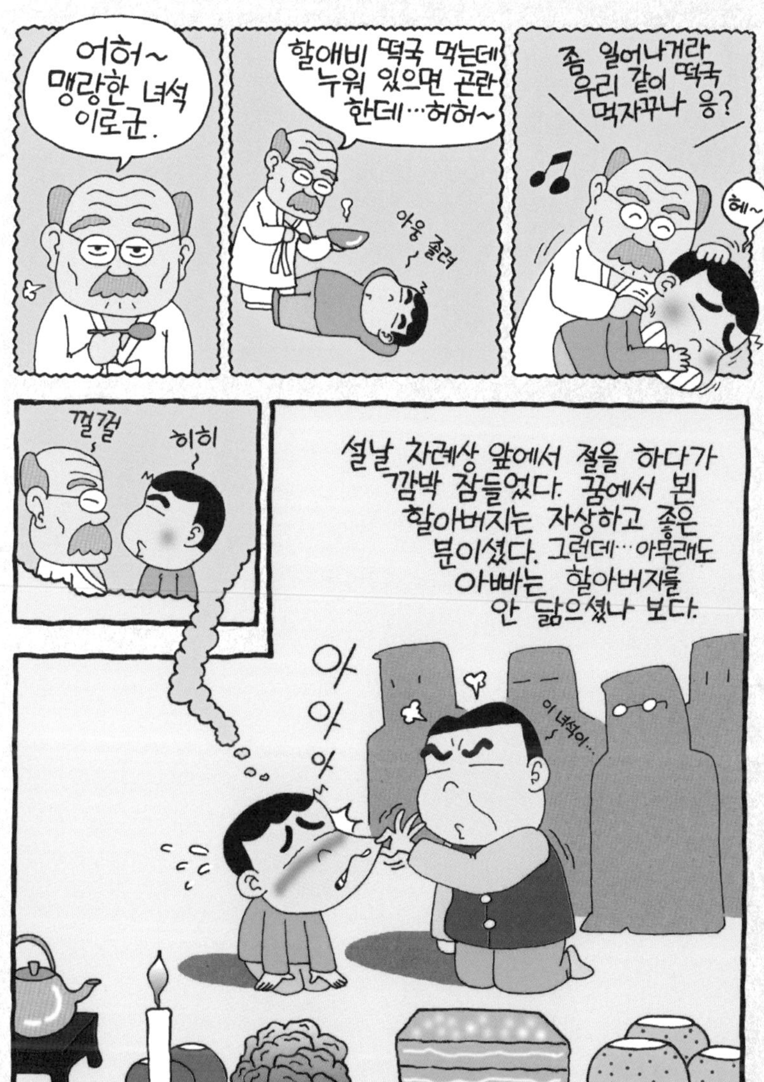

미발표(2001년 1월)

——— 〈몽글이〉 원화를 찾다가 우연히 '오르골'을 발견했다. 남편에게서 받은 첫 번째 '생일 선물'. 내게는 오르골에 대한 소망이 있었다. 언젠가 남자친구가 생기면 꼭 받고 싶다는. 쑥스러워서 입 밖에 낸 적은 없었는데, 남편이 거짓말처럼 이것을 선물하는 게 아닌가. 정말 내 마음의 소리가 들렸던 걸까?

은한 씨 보세요

오랜만에 받아본 은한 씨 편지, 참 반가웠습니다. 함께 보낸 사계절, 그리고 미리 확정 지은 앞으로 1년! 그 시간들에 감사하고 또 감사합니다. 안명규란 인간이 귀여움의 대상이 될 수 있다고는 꿈에도 생각 못 했는데…. 그렇게 봐주는 은한 씨, 우리 부모님이 알면 좋아하실 겁니다.

은한 씨! 가끔씩 사랑한다는 말을 하지만, 그것은 언제나 부족한 표현이지요. 한번 생각을 해보세요.

이 세상에서 가장 아름다운 사람에게!
이 세상에서 가장 사랑스런 사람에게!
이 세상에서 가장 좋아하는 사람에게!

어떤 말을 해주는 게 어울린다고 생각해요? 나는요, 살아오면서 한 번도 해보지 못한 말을 해주고 싶어요. "사랑합니다"라고. 사실 나란 놈은 표현력이 부족해요. 은한 씨 눈을 보면 솔직히 모든 것이 아득해지는 느낌이 들어요. 참 좋은데, 너무 행복한데 말조차 못 하게 압도당하는 거 뭐이냐….

은한 씨! 행복이 뭔지 생각해 본 적 있나요? 난 그걸 어린 시절 기억 속에서, 철없던 학창 시절 추억 속에서 느껴보곤 했지만 그조차 점점 희미해져 갔더랬습니다. 혹시 그 모든 것이 착각이 아닐까, 혼돈에 빠져보기도 했지요.

요즘 난 자신 있게 행복을 얘기합니다. 주말이 평일과는 정말 다른 요일이라는 걸, 처음 듣는 음악도 아름답게 느낄 수 있다는 걸, 서울의 거리가 이렇게 멋지다는 걸 이젠 알고 있습니다. 이렇게 변할 수 있는 나 자신에 대해 놀랄 뿐이죠.

은한 씨! 제발 '생일' 좀 가르쳐줘요. 내가 처음 맞이하는 은한 씨 생일을 대충 기다리는 게 너무 어설픈 것 같네요. 은한 씨에게 어떤 일이 생기건, 기쁜 일이든 슬픈 일이든 늘 함께하고 싶어요. 그것이 나다운 겁니다.

창밖에 부는 바람 소리가 퉁소 소리로 들리는 시간입니다.
갑자기 또 보고 싶어졌어요. 우리 두 사람에게 주어진 시간을 멋지게, 땀 흘리며 잘 가꾸어보도록 해요. 힘들고 지칠 때 서로 의지도 되어주고, 방황할 땐 길잡이도 되어주고 그랬으면 좋겠습니다.

이만 줄일게요.

1997년 1월 21일 새벽 4시 10분쯤

그대의 남자 '맹구'로부터

고통을 치유하는 희망 지침서

박승찬(가톨릭대 철학과 교수)

이 책 《몽글이》는 나와 인연이 깊다. 엮은이, 즉 안명규의 아내가 바로 내 막냇동생이기 때문이다. 《몽글이》란 카툰 에세이 원고를 마주하자, 나의 기억 속에 묻혀 있던 장면들이 슬라이드처럼 스쳐갔다. 처음에는 강렬했던 장면부터 시작해서 혼란스럽게 섞이더니 어느덧 시간 순으로 배열되었다.

가장 빠른 기억은 독일 유학 중인 '작은오빠'에게 웃음이 터질 만큼 재미있게 소식을 전해 주던 동생의 편지였다. 논문을 제출하고 한국으로 돌아갈 날을 기다리던 무렵, 그 편지에는 놀랍고 기쁜 소식이 담겨 있었다. 예술성이 강하나 '다소 까칠한 우리 막내'가 사랑하는 남자를 만났다는 것이다. 학력 차이에 대한 가족들의 우려도 함께 담겨 있었다. 우리 가족들 중에서 가장 오랫동안 공부에 매달리고 있던 나와 아내는

"행복한 결혼 생활에는 학력이 장애가 될 수 없으니 용기를 내라"고 답장을 보냈다.

귀국 후 직접 만나본 매제 안명규의 첫인상은 동생의 편지 그대로였다. 처음에는 부끄러워하며 말수가 적었지만, 이야기를 나눌수록 가식 없는 솔직함이 큰 매력으로 다가왔다. 동생은 영세를 준비 중이던 남편의 '대부'가 되어달라고 청했다. 나는 흔쾌히 동의했고 가족들 중에 첫 대자가 생겼다. 명규는 '대부님'이라는 호칭도 잘 쓰지 못할 만큼 쑥스러워했지만, 우리는 누구보다도 마음이 잘 통한다는 것을 느꼈다.

내 기억의 파편들은《몽글이》원고를 읽으며 더욱 구체적으로 모아졌다. 명규는 자신의 어려웠던 환경을 억울해하는 것이 아니라, 모든 사람 또는 사물까지 사랑스러운 눈으로 바라볼 줄 알았다. 또 버려진 화분마저 살려낼 정도로 사랑의 인내도 알고 있었다. 그 사랑 덕분에 내 동생도 '소중한 사람'으로 다시 태어난 것이다. 동생이 명규와 함께할 때 왜 그렇게 빛이 났던가를 이해할 수 있었다.

그러던 명규에게 청천벽력 같은 암 선고가 내려지고, 명규 부부는 환자와 보호자로서 투병 생활을 시작했다. 여리디 여리면서도 남편을 지키겠다며 '방패'로 변신한 동생을 보면 가슴이 아렸다. 투병 말기에는 지푸라기라도 잡고 싶은 심정으로 대체 요법까지 써보았지만 결실을 얻지 못했다. 결국 명규는 내가 임종을 가까이에서 바라본 첫 번째 젊은이가 되었다. 자기 몸조차 추스르기 힘든 상황에서도 "대부님이 오시니 통증이 덜하다, 멀리서 오느라 고생하셨다"며 나를 배려하던 명규.

어느새 나는 이 부부와 함께 하느님께 따져 묻고 있었다. "왜 이들에게 이토록 큰 고통을 주십니까?" 혹시라도 누군가 욥의 세 친구처럼 "모든 고통은 하느님의 벌"이라고 주장하려 든다면 내가 대신 항변할 것이다. 만일 그토록 많은 악인을 놓아두고 명규에게 벌을 내리시는 신이라면, 어떻게 그를 섬길 수 있겠는가.

억울해하는 나와 달리 당사자인 명규는 까닭 없이 닥쳐온 큰 고통을 어떻게든 받아들이고자 노력했다. 〈안명규 일기〉에 보면 "주님은 무엇을 주시기 위하여 지금의 시련을 경험케 하시는 걸까?"라는 대목이 나온다. 선한 이들에게 주시는 시련의 의미를 찾고 있었던 것일까? 명규는 암 투병을 또 한 번의 군대 생활에 비유하면서, 이종격투기의 고통을 약하게 느낄 만큼 치열하게 싸웠다.

명규 부부는 치유를 위해 최선을 다했고, "주님이 주신 몸, 주님이 치유해 주신다"는 믿음으로 매달려보았지만 기적은 일어나지 않았다. 그의 질병은 결코 "견뎌낼 만큼의 매"가 아니었다. 그래서 결혼 생활 4년이라는 '한창 좋은 때'에 그들의 시계는 멈추고 말았다.

그로부터 15년이 넘는 시간. 명규에 대한 기억도 점점 흐릿해질 무렵 《몽글이》 원고를 받아든 나는 깜짝 놀랐다. 어느덧 내가 공개 강연에서 강조했던 "고통을 넘어서는 희망", "고통의 바다에서 행복을 찾아 떠나는 여행" 등의 내용이 이 책 속에 고스란히 담겨 있었기 때문이다. 아니 훨씬 더 진솔해서 공감이 컸다. 다 읽고 나자 먹먹함을 넘어, 마냥 막내인 줄 알았던 동생이 큰 고통을 통해 얻은 지혜가 느껴졌다.

"사랑은 서로를 키워주는 힘", "있는 그대로의 남편을 받아들이기"와 같이 모든 부부에게 도움이 되는 말뿐 아니라, 태어날 때도 떠날 때도 혼자인 자신을 위해 "천사 남편이 4년 씩이나 머물다 떠났다"며 "내가 가진 것에 '어쨌든 감사'하기" 위해 안간힘을 쓰는 모습도 인상적이었다. 동생은 "조금 덜 행복해지고 조금 덜 불행해지니까 이웃의 삶도 보인다"면서 큰 상실을 먼저 체험한 사람으로서 귀한 충고도 남겼다.

너무 큰 고통 때문에 모든 것이 끝났다고 생각하는 순간에도 작은 희망의 싹은 솟아난다. 명규는 그를 사랑하던 많은 이들의 마음 안에 여전히 존재하고 있다. "그는 우리 모두의 기억 속에 존재하게 되었죠"라는 명규 아내의 바람처럼 말이다. 사랑하는 이를 잃는 슬픔은 그와 일치했던 만큼 큰 상처를 남긴다. 그렇지만 뒤집어 생각하면, 그는 자신을 계속 기억해 주는 이들의 마음속에서 생명을 이어감으로써 다시 부활하는 것이 아닐까?

《뭉글이》로 우리 곁에 남은 만화가 안명규. 그는 다른 사람의 고통 앞에서 장황한 궤변으로 '가르치려는' 사람들을 스스로 돌아보게 만든다. 명규의 소망은 "아주 작은 고통의 한 자락이라도 감싸주는 따뜻한 사람"이 되는 것이었다. 이 책의 독자들도 그의 뜻에 따라, 고통받는 이를 만나면 따뜻하게 손 한번 잡아주기를 권한다. 그 따뜻함 안에서 희망의 새싹이 자라나길 기원하면서….

이 책에 실린 안명규의 만화 〈몽글이〉는 15년 세월이 무색하리만큼 지금 봐도 재밌다. 이 작품은 어려서부터 "사는 게 힘들다"는 이 땅의 어린이들, 또 삶에 지친 어른들에게 잠시나마 웃을 수 있는 여유를 선사해 준다. 한편 〈은한일기〉와 〈안명규 일기〉는 우리 삶의 숨겨진 의미와 가족의 소중함을 돌아보게 한다. 이별이나 사별 등 큰 상실감을 겪은 이들이라면 마치 자신의 이야기인 양 더욱 공감할 것이다.

'고통을 치유하는 희망 지침서'인 이 책을 위로가 필요한 사람들, 특히 삶이 서툰 '어른아이'에게 적극 추천한다.

안명규 작품목록

〈뿔다구〉

1990년 MBC-TV 토크쇼 〈세상 사는 이야기〉에 카툰 소개

1991년 〈제1회 서울만화공모전〉 입선

1993년 《매주만화》에 〈심리열전〉 발표

1993년 《아이큐점프》에 〈땡글이〉 발표

1993년 《EBS 방송교재》에 〈천방지축 몽구〉 연재, 4컷 만화

1993년 《보이스카우트》에 〈우리동네 팽구〉 연재, 4컷 만화

1993년 《한국통신》·《상업은행》 등 사보 및 기업 홍보물 작업

1995년 《아이큐점프》에 〈꼴뚜기 구조대〉 발표

1996년 《10배로 튀는 매출기법》(현대미디어) 발간

1996년 《매주만화》에 〈뿔다구〉 발표, 4컷 만화

1997년 《정헌석 교수와 떠나는 재무제표 여행》(국일미디어) 발간

1997년 《월간기업나라》에 〈샐러리맨 K〉 연재, 2쪽 만화, 흑백, 총 13회(1997. 12~1998. 12)

1998년 《OZ》 창간호에 〈학교 가는 길〉·〈수호천사〉 발표, 4쪽 만화, 흑백

1998년 〈나무〉·〈마녀〉 작업, 2쪽 만화, 컬러(미발표)

1998년 〈그 남자〉·〈귀환〉 작업, 4쪽 만화, 흑백(미발표)

1999년 〈국민일보 10주년기념 만화공모전〉 입선, 1쪽 만화, 컬러 2작품, 흑백 2작품

1999년 《연예영화신문》에 〈삐딱시네마〉 연재, 1쪽 만화, 흑백, 총 56회(1999. 6~2000. 7), 〈동시상영〉에서 제목 변경됨

1999년 《서서울신문》에 〈통 아줌마〉 발표, 1쪽 만화, 흑백

1999년 〈새를 닮은 남자〉 작업, 2쪽 만화, 컬러

2000년 《코믹스포스트》에 〈하나방 스토리〉 발표, 1쪽 만화, 컬러

2000년 《여성동아》에 〈맛배기 부부〉 연재, 2쪽 만화, 컬러, 총 11회(2000. 6~2001. 4)

2000년 《소년조선일보》에 〈몽글이〉 연재, 1쪽 만화, 컬러, 총 76회(2000. 10~2001. 12), 4회분 작업(미발표)

2000년 〈정상에서〉 작업, 2컷 만화, 컬러(미발표)

2001년 《튜터마마》에 〈한톨아, 한톨아〉 연재, 1쪽 만화, 컬러, 총 3회(2001. 3~2001. 5)

〈동시상영〉

〈통 아줌마〉

〈한톨아, 한톨아〉

—— 은한 그림, 〈내 곁에 머물다 간 천사〉, 20×24cm, 유화

주인공 된
소감이 어때?
너 야말로
...

우리의
추억…
영원
하리~